Ein Stern strahlt in der Nacht

Humorvolle Geschichten von Weihnachtsengeln

Ein Stern strahlt in der Nacht

Humorvolle Geschichten von Weihnachtsengeln

benno

Bibliografische Information der Deutschen Nationalbibliothek
Die Deutsche Nationalbibliothek verzeichnet diese Publikation in der Deutschen Nationalbibliografie; detaillierte bibliografische Informationen sind im Internet über http://dnb.d-nb.de abrufbar.

ISBN 978-3-7462-3860-9

Zusammengestellt und herausgegeben
von Volker Bauch, Leipzig
Umschlaggestaltung: Ulrike Vetter, Leipzig
Gesamtherstellung: Kontext, Lemsel (A)

Inhalt

Irischer Segenswunsch

Die Engel des Herrn
geben dir Schutz
auf dem Meer der Zeit
und sollen dein kleines
Lebensschiff bewahren
in Klippen und Sturm.
Der Herr und seine Boten
mögen dich beschützen allezeit.

Dietrich Mendt

Der Engel im Briefkasten

Dass ich es euch gleich am Anfang verrate: Es ist eine Adventsgeschichte, die ich euch erzählen will, auch wenn sie am Anfang gar nicht so aussieht. Aber sie endet zu Weihnachten! Und wenn sie nicht zu Weihnachten endete, wäre es immer noch eine Adventsgeschichte. Hoffentlich merkt ihr das beim Lesen!

Zuerst will ich euch die Leute vorstellen, die in meiner Geschichte eine Rolle spielen. Sie wohnen alle in einem Mietshaus in Berlin mit zwei Etagen und einer kleinen Wohnung im Dachgeschoss mit schrägen Wänden. Da lebt die Oma Kalditz, die eigentlich gar keine Oma ist, denn sie ist nicht verheiratet, und Kinder hat sie auch keine, obwohl das heutzutage durchaus der Fall sein könnte.

Trotzdem sagen alle Kinder im Hause zu ihr „Oma Kalditz", denn im Grunde genommen ist sie eine viel bessere und gütigere Oma als viele wirkliche Omas, weil sie nämlich ein ganz großes Herz für

Kinder hat – und deswegen auch für deren Eltern, wie ihr bald bemerken werdet. Der alte Herr Wohlgemuth aus dem Erdgeschoss, der sonst in unserer Geschichte keine Rolle spielt, hat einmal von ihr gesagt: „Das ist unsere Seelsorgerin. Wenn man die im Hause hat, braucht man gar keinen Pastor!" Recht hat er! Und obwohl Oma Kalditz in meiner Geschichte gar nicht oft vorkommt, spielt sie sozusagen die Hauptrolle.

Unter ihr, im zweiten Stock, wohnt die Familie Preis, richtig wie „Preis", und ich glaube, in diesem Fall passt der Name, mindestens auf Herrn Preis, der auf den schönen Vornamen Balthasar hört. Herr Preis hat nämlich eine Dauerantwort parat, wenn ihn jemand etwas fragt. „Wie geht's denn, Herr Preis?" Antwort: „Wir brauchten Geld." „Wie geht's Ihrer Frau?" „Ja, wir brauchten eben mehr Geld." „Was machen Ihre beiden reizenden Töchter?" „Die kosten eine Menge. Wir brauchten eben mehr Geld." Seine Frau heißt Marie, und wenn er die nicht hätte, dann hätte er schon lange buchstäblich bankrott gemacht, aber ich will meine Geschichte nicht schon jetzt verraten. Preisens haben zwei Töchter, Renate ist dreizehn und schon eine kleine hübsche Dame, Beate ist elf und auf dem besten Wege, eine kleine hübsche Dame zu werden.

Aus diesem Grunde steht sie oft vor dem Spiegel und kontrolliert sich, ausgezogen und angezogen. Die anderen Mieter brauche ich euch nicht vorzustellen, denn sie kommen in unserer Geschichte nicht vor und haben sie Gott sei Dank auch gar nicht mitbekommen, denn das hätte dem Ruf von Herrn Preis mit Sicherheit geschadet.

Jetzt fängt meine Geschichte richtig an. Herr Preis hat nämlich seine eigene Art und Weise, um zu Geld zu kommen. Seit ihm einmal eine Werbung des berühmten Versandhauses – nein, den Namen will ich lieber nicht verraten – auf den Tisch flatterte mit der überraschenden Mitteilung: „Lieber Herr Preis! Sie haben gewonnen!" und ihm eine Krawattennadel für 17,50 DM oder einen BMW mit vier Türen und ABS und doppeltem Airbag und Automatik ankündigte, glaubte er das sofort. Seitdem ist er von allen guten Geistern verlassen. Übrigens sind alle Menschen von allen guten Geistern verlassen, die auf so etwas hereinfallen. Und wenn ihr Kinder in eurem Briefkasten eine solche Werbung erwischt, schmeißt sie ungelesen in den Papierkorb! Kinder sind in solchen Sachen oft vernünftiger als Erwachsene. Aber das nur nebenbei.

Herr Preis bekam natürlich weder eine Krawattennadel noch einen BMW. Aber nun beteiligt er sich an allen Wettbewerben und Preisausschreiben und kauft deshalb jede Woche acht illustrierte Zeitungen, um nicht nur auf die Werbung angewiesen zu sein, die ihm jeden Tag unverlangt in den Briefkasten fällt. „Wenn Sie den Namen des Waschmittels herausfinden, dass ihre Gardinen weißer als weiß wäscht, sind Sie Anwärter auf zehntausend Mark!" Natürlich findet Herr Preis sofort heraus, welches Waschmittel weißer als weiß wäscht, denn es steht ja in der Werbung mit drin. Er schreibt es auf eine Postkarte, steckt sie in den Kasten, was ihn achtzig Pfennig kostet, und wartet. Jedes Mal mit dem gleichen Ergebnis: Wieder nichts. Herr Preis, der bekanntlich mehr Geld braucht, weitet seine Versuche aus und bezieht das Lotto mit ein.

Er erwirbt jede Woche vier Scheine, füttert den einen mit seinem Geburtsdatum, den anderen mit dem Geburtsdatum seiner Frau, den dritten und vierten mit den Geburtsdaten von Renate und Beate. Und glücklicherweise oder vielmehr unglücklicherweise gewinnt er einmal mit drei Richtigen 22 Mark, was ihm zeigt, dass er nur genügend Geduld haben muss, bis er den Jackpot knacken wird. Da aber der Jackpot Woche für Woche auf sich warten lässt, nimmt er noch zwei ganze und ein halbes Lotterielos dazu, was ihn weitere 35 Mark kostet –

und schließlich kann er nicht mehr alle Lose und Lottoscheine und das Briefporto für die Preisausschreiben und Wettbewerbe bezahlen und pumpt sich von einem Kollegen im Betrieb, in dem er als Baumaschinenmonteur beschäftigt ist, immer wieder das nötige Kleingeld. Und weil Balthasar Preis bis auf seine verrückte Geldsucht ein umgänglicher und freundlicher Mensch ist, sammeln sich allmählich Schulden an, die am zweiten Advent genau 2700 Mark betragen. Weil Weihnachten kommt, will der Kollege sein Geld zurück wegen seiner Weihnachtseinkäufe. Das hatte ihm Balthasar auch versprochen – nur, woher soll er es nehmen, das Geld! Marie Preis weiß um alles. Denn für sich behalten kann Balthasar Preis weder seine Sorgen noch seine verrückten Ansichten. Immer wieder sagt Marie zu ihm: „Was willst du denn? Wir haben genug Geld zum Leben!" Und wenn er ihr dann aufzählt, was ihnen noch alles fehlt und was die Leute im ersten Stock haben und die Leute im Erdgeschoss und die im Nachbarhaus und die Kollegen mit ihren CD-Playern und Anrufbeantwortern und Fax-Geräten und größeren und schnelleren und sichereren Autos und automatischen Garagentoren und so weiter und so weiter, dann antwortet Marie: „Und wir haben uns! Du hast mich und ich habe dich, und zwei wunderschöne Mädchen haben wir beide noch dazu! Und gesund sind wir auch! Und du bist mir treu und ich dir auch! Und wir passen immer noch bequem in unser kleines Auto, auch wenn es nur zwei Türen hat und keine Automatik. Und wenn wir sonntags ins Grüne fahren, dann nehmen wir Kuchen mit und Kaffee und Limonade und haben noch nie hungern müssen. Und wenn ich an die vielen Arbeitslosen denke, dann geht es uns sogar sehr gut. Und wenn ich an die Millionen von Kindern denke, von denen der Pastor neulich erzählt hat, die jedes Jahr verhungern müssen, dann geht es uns so glänzend, dass ich geradezu ein schlechtes Gewissen habe!" Balthasar Preis hat offenbar kein schlechtes Gewissen. Oder doch, jetzt hat er eins, aber nicht wegen der Arbeitslosen und Hungernden, sondern weil er Schulden hat und sie nicht bezahlen kann und überdies nicht weiß, wie er seiner Frau und seinen Kindern etwas zu Weihnachten schenken soll. Ich denke, dieses schlechte Gewissen ehrt ihn und macht Hoffnung. Ja, das Gewissen ist so schlecht, dass er die ganze Geschichte eines Abends, als er von der Arbeit kommt, auf der Treppe dem Hausseelsorger erzählt, der Oma Kalditz. „Wissen Sie, Oma Kalditz, das tut gut, wenn man Ihnen mal sein Herz ausschütten kann. Richtig gut tut das!" „Da haben Sie Glück, Herr Preis, denn am dritten Advent ziehe ich ins Altersheim nach Fürstenwalde. Und nächste Woche löse ich meinen ganzen Haushalt auf und hoffe ein bisschen auf Ihre Hilfe." Natürlich hilft Herr Preis immer gern, und Oma Kalditz erst recht. „Aber schade ist es, dass Sie uns verlassen. Sie waren immer die gute Seele im Haus." „Ja, wissen Sie, meine gute Freundin, die im selben Heim lebt, hat mir einen Platz versorgt, und da können wir unsere letzten Jahre gemeinsam verbringen und sind beide nicht so einsam."

Zwar hatte Balthasar seine Sorgen ausgesprochen, aber losgeworden war er sie nicht, wenigstens vorläufig. Er hatte allerdings genug zu tun mit dem Umzug von Oma Kalditz und kam nicht weiter zum Nachdenken. Er wäre deshalb wohl auch nicht zum Einkaufen gekommen, selbst wenn er das Geld dazu gehabt hätte.

Am Montag nach dem dritten Advent staunt er nicht schlecht, als er von der Arbeit kommt und die Post aus dem Briefkasten holt. Ein dicker Brief ohne Absender mit der Anschrift, in Blockbuchstaben: „Herrn Balthasar Preis"! Keine Briefmarke, kein Stempel. Den Umschlag musste jemand persönlich in den Kasten gesteckt haben. Und was ist drin? Marie, Renate und Beate werden Zeuge, wie er ein Bündel Geldscheine aus dem Umschlag zieht und sogleich zählt: Dreitausend Mark! Dabei eine Briefkarte, auf der, wieder in Blockbuchstaben, nichts weiter steht als: „2700 Mark für die Schulden, 300 Mark für Weihnachten!“ Herr Preis muss sich setzen. Er wischt sich über die Stirn, weil er das Gefühl hat, ihm breche der Schweiß aus. Renate fasst sich als Erste. „Hast du Schulden, Vater?“, fragt sie, denn Marie weiß zwar Bescheid, die Kinder aber nicht, wenigstens bis zu diesem Augenblick. „Setzt euch mal“, sagt Balthasar. Und dann erzählt er den Kindern seine Geschichte, warum er Schulden gemacht hat und dass er nie wieder Lotto spielen und sich an Preisausschreiben beteiligen wird und so weiter. Er hat ein wenig feuchte Augen dabei, vor allem, als er die Schublade der Kommode aufzieht, ein Bündel Prospekte hervorholt, von denen er sich den großen Gewinn erhoffte, und sie vor den Augen der Familie in einem großen Aschbecher verbrennt. Dann setzt er sich wieder. „Wer mag das denn gewesen sein?“

Renate hat die Antwort am schnellsten: „Ein Engel!“ Beate lacht. „Ein Engel im Briefkasten!“, sagt sie. Aber Vater grübelt. „Das kann eigentlich nur die Oma Kalditz gewesen sein!“ Beate lacht wieder. „Oma Kalditz als Engel? Ein lustiger Engel." „Na ja", meint Renate, „kannst auch statt Engel sagen: Gott selber! Das haben wir in der Konfirmandenstunde gelernt." Marie legt ihre Hände auf die Hände ihres Mannes „Ach, Balthasar, das wird ein schöner Heiliger Abend!" „Balthasar?", fragt Renate. „Das war doch einer von den drei Weisen aus dem Morgenland! Stimmt's?"

„Ja, das stimmt", sagt die Mutter. Die drei Weisen, das waren die, die ihr Gold in die Krippe gelegt haben."

Hanns Dieter Hüsch

Mein Schutzengel

Ich habe seit einiger Zeit das Gefühl, dass ich einen Leibwächter habe. Ich weiß es noch nicht genau. Nicht, dass ich um mein Leben fürchte, nee, nee, aber als ich DEM LIEBEN GOTT – den ich vor ein paar Wochen wieder mal in Dinslaken in unserem Stehbistro in der Neustraße gegenüber Schätzlein traf – als ich dem lieben Gott davon erzählte, sagte er nur, kann möglich sein. Ich hab im Moment den Überblick nicht. Könnte es ein Schutzengel sein, fragte ich. Nein, nein, sagte der liebe Gott, auf die Gefahr hin, dass ich lüge, aber das wüsste ich, dann hätte Petrus mir was gesagt. Die Sache kann aber auch liegen geblieben sein, sagte er dann, wir sind ziemlich überlastet, verstehst du? Ja natürlich, sagte ich, ich kenne das. Wie benimmt er sich denn, fragte der liebe Gott. Ooch, sagte ich, eigentlich ganz manierlich. Manchmal ist er wie ein Detektiv hinter mir her, versteckt sich, aber bleibt immer hinter mir, überquert die Straße, geht auf gleicher Höhe auf der anderen Seite weiter. Beobachtet mich durch die Schaufensterecke, bleibt stehen, wenn ich stehen bleibe, tut aber immer ganz unauffällig. Also wie im Krimi, sagte der liebe Gott. Genau, sagte ich. Genau.

Das hat er bei mir gelernt, sagte der liebe Gott schmunzelnd. Sollte es vielleicht doch ein Schutzengel sein, sagte ich. Was hat er denn an? Er sieht ein bisschen ärmlich bis verwahrlost aus, trägt meist einen dunklen zerbeulten Hut, und einen ziemlich langen Mantel, hat aber keine Flügel. Und wenn er den Hut absetzt, sieht man sein langes volles dunkelblondes Haar. Das ist Michael oder Raphael, sagte der liebe Gott. Nee, nee, sagte ich, Michael wohnt doch bei uns am Ende der Straße, und Raphael ist doch der Luftikus unter den Engeln. Mein Leibwächter, sagte ich, wohnt manchmal in einem alten leerstehenden Haus und hat einen Hund, einen Mischling, einen Schäfer-Labrador. Und gehe ich in ein Menschengewühl, dann dauert es nicht lange, und der Hund ist an meiner Seite, und ich weiß, mein Leibwächter ist mir auf den Fersen. Neulich hat er mir die Hand auf die Schulter gelegt und richtig verlegen gesagt: Fürchtet Euch nicht. Und ich war nicht weniger verlegen. Es muss ein ganz neuer Engel sein, sagte der liebe

Gott, und er hat keine Flügel, sagst du. Jedenfalls nicht, wenn ich ihn sehe.

Neulich, als ich über zwei Treppenstufen beinah bös' gestolpert wäre, ich sehe zur Zeit nicht gut, hat er mich beim Runtergehen am Mantelkragen festgehalten und nur: Nichts für ungut gesagt. Das hat er auch bei mir gelernt, sagte der liebe Gott. Wenn ich nur wüsste, wer dieser Bursche ist. Allerdings, sagte ich, jetzt an Weihnachten oder so um Weihnachten herum, davor oder danach, ist nichts von ihm zu sehen. Auch der Hund nicht. Auch wo er manchmal wohnt, brennt kein Licht, ist nichts zu hören und zu sehen. Ich denke oft, er ist in dieser Zeit vielleicht in der Nähe von Bethlehem – mit Flügeln natürlich – die himmlischen Heerscharen brauchen ja auch sicher mal Nachwuchs – und verkündet dort mit anderen Engeln die große Freude, und während die anderen zum Himmel fliegen, kommt er auf die Erde zurück, und dort beschäftigst du ihn als Schutzengel, damit wir gut behütet bleiben.

Der liebe Gott guckte zum Fenster raus, und sagte mit dem süffisantesten Lächeln, das ich je gesehen hatte: Das hat was.

Ich gehe jetzt nach Hause, sagte er, und er meinte den Himmel, und werde mit Petrus ein Stück

Christstollen essen, und werde ihn fragen, wer denn dieser ehrenamtliche Landstreicher sei, dem er ohne mein Wissen Flügel verliehen habe. Bin gespannt was Petrus für ein Gesicht macht und was er wieder für eine Ausrede parat hat, ehe der Hahn dreimal kräht. Frohes Fest, sagte der liebe Gott augenzwinkernd, und verschwand wie immer schlagartig. Und ich sagte frei nach Luther: Hier stehe ich, ich kann's nicht ändern. Und als ich zur Bistrotür schaute, sah ich den Hund hereinkommen.

Rudolf Otto Wiemer

Der kleine Engel aus Goldpapier

Es muss eine windige Gegend gewesen sein, sagen wir, in Wilhelmshaven, und der Engel war wirklich sehr klein, vielleicht nicht größer als eine Hand, und eine solche Hand hatte ihn kurz vor Weihnachten aus Goldpapier geschnitten. Jetzt war Weihnachten vorbei, das Christbäumchen hatte man abgeräumt und auf den Balkon gestellt. Da stand es nun, nackt und bloß, und war traurig. Der Flitter war weg, die bunten Glaskugeln lagen wieder im Karton, die Stümpfe der Kerzen, die so feierlich gebrannt hatten, waren aus den Blechhaltern gekratzt. Zwar gab es am Baum noch ein paar Lamettafäden, aber das sah erst recht trostlos aus, zumal die roten Äpfelchen, die Biskuits und Schokoladenkringel allesamt aufgegessen waren. Nur der kleine Engel aus Goldpapier hing noch im grünen Gezweig. Ursprünglich waren es zwölf Engel gewesen; elf hatte man eingepackt, den zwölften vergaß man, und der war nun allein.

„Es wird immer kälter", sagte der Christbaum. Tatsächlich, der Wind, der vom Meer herkam, fegte über den offenen Balkon. Der kleine Engel schaukelte ein wenig, das gefiel ihm. Es erinnerte ihn an die Abende im Wohnzimmer, als die flackernden Kerzen die Luft ebenfalls zittern ließen. „Schön war das", sagte der Engel, „ich zitterte ebenso. Manchmal schwebte ich ein bisschen, und ich hoffte, ich könnte sogar fliegen."

Der Christbaum brummte grämlich vor sich hin, weil der Wind ihn hart anfasste. Zittern kannte er wohl, doch vom Fliegen hatte er nie geträumt. „Liegt dir so viel daran?", fragte er den kleinen Engel.

Der richtete sich ein wenig auf. „Aber natürlich. Ich habe nie an etwas anderes gedacht."

Dem Christbaum, der sich mit Mühe an der Balkondecke festhielt, fielen plötzlich die kleinen Vögel ein, die früher durch seine Zweige gehuscht waren. „Richtig", sagte er, „die Vögel flogen ja auch. Sogar im Wind flogen sie, das machte ihnen Spaß." „Mir würde es noch besser gefallen", sagte der kleine Engel.

„Warum?"

„Weil ich ein Engel bin. Ich habe doch Flügel."

„Sogar aus Goldpapier", bestätigte der Christbaum. „Bist du darauf etwa stolz?"
„Nein", sagte der kleine Engel, „Engel sind nie stolz. Nicht mal auf Goldpapier."
„So, so", brummte der Christbaum. Er wollte nicht ausdrücklich sagen, dass er selber ein wenig stolz gewesen war, als er geschmückt und mit brennenden Kerzen in der Weihnachtsstube stand. Und weil ihm, der ebenfalls nur ein kleines Bäumchen war, der kleine Engel leid tat, fragte er: „Was hast du davon, ein Engel zu sein, wenn du nicht einmal stolz sein darfst?"
Der kleine Engel schwieg. Nach einer Weile sagte er: „Engel müssen verkünden."
„Verkünden?", wunderte sich der Christbaum. „Hast du das getan?"
„Ja", antwortete der kleine Engel, „aber meine Stimme ist sehr leise. Und die Trompete ist auch nicht groß. Ich weiß nicht, ob die Leute es gehört haben."
„Ich verstehe", sagte der Christbaum, „deshalb willst du jetzt noch woandershin fliegen."
„Ja", sagte der kleine Engel, „das wäre mir recht. Doch ich bin ja an deinem Zweig festgemacht."
In diesem Augenblick wurde aus dem Wind, der vom Meer kam, ein richtiger Sturm. Darauf hatte

der Christbaum gewartet. Er brauchte die Zweige nur ein wenig auszubreiten, da hob der Sturm ihn aus dem offenen Balkon hoch in die Luft und trug ihn weit über Straßen und Baumwipfel davon. „Wir fliegen!", rief der Christbaum, während er ein wenig ängstlich über die Hausdächer wirbelte, an dicken Schornsteinen und Lichtmasten vorbei.
Der kleine Engel hatte keine Angst. Für Engel gibt es ja nichts Schöneres als Fliegen. Und er hatte es sich obendrein so sehr gewünscht.
Am nächsten Morgen aber lag der Christbaum auf der Straße. Manchmal rollt er ein Stück weiter, weil der Sturm noch immer vom Meer her wehte. Die Straßen waren leer. Nur ein kleines Mädchen, das in die Schule wollte, kam vorbei und bückte sich zu dem rollenden Christbaum herab. Da hing doch etwas zwischen den Zweigen?
„Ein Engel!", rief das Mädchen und zog das Goldpapier vom Baum. Doch der Sturm riss es ihr sofort aus der Hand.
Das Mädchen blickte noch lange hinterher, bis die goldenen Flügel hinter dem Dachfirst verschwanden. Ja, und niemand weiß nun, wohin der kleine Engel geflogen ist.

Ruth Schmidt-Mumm

Wie man zum Engel wird

Wie jedes Jahr sollte auch in diesem die sechste Klasse das weihnachtliche Krippenspiel aufführen. Mitte November begann Lehrer Larssen mit den Vorbereitungen, wobei zunächst die verschiedenen Rollen mit begabten Schauspielern besetzt werden mussten.
Thomas, der für sein Alter hoch aufgeschossen war und als Ältester von vier Geschwistern häufig ein ernstes Betragen an den Tag legte, sollte den Joseph spielen. Tinchen, die lange Zöpfe hatte und veilchenblaue Augen, wurde einstimmig zur Maria gewählt. Und so ging es weiter, bis alle Rollen verteilt waren, bis auf die des engherzigen Wirts, der Maria und Joseph, die beiden Obdachsuchenden, von seiner Tür weisen sollte. Es war kein Junge mehr übrig. Die beiden Schülerinnen, die ohne Rolle ausgegangen waren, zogen es vor, sich für wichtige Arbeiten hinter der Bühne zu melden.
Joseph, alias Thomas, hatte den rettenden Einfall. Sein kleiner Bruder würde durchaus in der Lage

sein, diese unbedeutende Rolle zu übernehmen, für die ja nicht mehr zu lernen war als ein einziger Satz – nämlich im rechten Augenblick zu sagen, dass kein Zimmer frei sei. Lehrer Larssen stimmte zu, dem kleinen Tim eine Chance zu geben. Also erschien Thomas zur nächsten Probe mit Tim an der Hand, der keinerlei Furcht zeigte. Er wollte den Wirt gerne spielen. Mit Wirten hatte er gute Erfahrungen gemacht, wenn die Familie in den Ferien verreiste.

Er bekam eine blaue Mütze auf den Kopf und eine Latzschürze umgebunden; die Herberge selbst war, wie alle anderen Kulissen, noch nicht fertig. Tim stand also mitten auf der leeren Bühne, und es fiel ihm nicht leicht zu sagen, nein, er habe nichts, als Joseph ihn drehbuchgetreu mit Maria an der Hand nach einem Zimmer fragte.

Wenige Tage darauf legte Tim sich mit Masern ins Bett, und es war ein reines Glück, dass er zum Aufführungstag gerade noch rechtzeitig wieder auf die Beine kam.

In der Schule herrschten Hektik und Feststimmung, als er mit seinem großen Bruder eine Stunde vor Beginn der Weihnachtsfeier erschien. Auf der Bühne hinter dem zugezogenen Vorhang blieb er überwältigt vor der Attrappe seiner Herberge stehen:

sie hatte ein vorstehendes Dach, eine aufgemalte Laterne und ein Fenster, das sich aufklappen ließ. Thomas zeigte ihm, wie er auf das Klopfzeichen von Joseph die Läden aufstoßen sollte. Die Vorstellung begann.

Joseph und Maria betraten die Bühne, wanderten schleppenden Schrittes zur Herberge und klopften an. Die Fensterläden öffneten sich und heraus schaute Tim unter seiner großen Wirtsmütze. „Habt Ihr ein Zimmer frei?", fragte Joseph mit müder Stimme. „Ja, gerne", antwortete Tim freundlich.

Schweigen breitete sich aus im Saal und erst recht auf der Bühne. Joseph versuchte vergeblich, irgendwo zwischen den Kulissen Lehrer Larssen mit einem Hilfezeichen zu entdecken. Maria blickte auf ihre Schuhe.

„Ich glaube, Sie lügen", entrang es sich schließlich Josephs Mund. Die Antwort aus der Herberge war ein unüberhörbares „Nein".

Dass die Vorstellung dennoch weiterging, war Josephs Geistesgegenwart zu verdanken. Nach einer weiteren Schrecksekunde nahm er Maria an der Hand und wanderte, ungeachtet des Angebots, weiter bis zum Stall.

Hinter der Bühne waren inzwischen alle mit dem kleinen Tim beschäftigt. Lehrer Larssen hatte ihn zunächst vor dem Zorn der anderen Schauspieler in Schutz nehmen müssen, bevor er ihn zur Rede stellte. Tim erklärte, dass Joseph eine so traurige Stimme gehabt hätte, da hätte er nicht nein sagen können, und zu Hause hätten sie auch immer Platz für alle, notfalls auf der Luftmatratze.

Herr Larssen zeigte Mitgefühl und Verständnis. Dies sei doch eine Geschichte, erklärte er, und die müsse man genauso spielen, wie sie aufgeschrieben sei – oder würde Tim zum Beispiel seiner Mutter erlauben, dasselbe Märchen einmal so und dann wieder ganz anders zu erzählen, etwa mit einem lieben Wolf und einem bösen Rotkäppchen? Nein, das wollte Tim nicht, und bei der nächsten Aufführung wollte er sich Mühe geben, ein böser Wirt zu sein; er versprach es dem Lehrer in die Hand.

Die zweite Aufführung fand im Gemeindesaal der Kirche statt und war, wenn möglich, für alle Beteiligten noch aufregender.

Unter ärgsten Androhungen hatte Thomas seinem kleinen Bruder eingebläut, dieses Mal auf Josephs Anfrage mit einem klaren „Nein“ zu antworten.

Der große Saal war voll bis zum letzten Sitzplatz. Dann ging der Vorhang auf, das heilige Paar erschien und wanderte – wie es aussah, etwas zögerlich – auf die Herberge zu. Joseph klopfte an die Läden, aber alles blieb still. Er pochte erneut, aber sie öffneten sich nicht. Maria entrang sich ein Schluchzen.

Schließlich rief Joseph mit lauter Stimme: „Hier ist wohl kein Zimmer frei?" In die schweigende Stille, in der man eine Nadel hätte fallen hören, ertönte ein leises, aber deutliches „Doch".

Für die dritte und letzte Aufführung des Krippenspiels in diesem Jahr wurde Tim seiner Rolle als böser Wirt enthoben. Er bekam Flügel und wurde zu den Engeln im Stall versetzt.

Sein „Halleluja" war unüberhörbar, und es bestand kein Zweifel, dass er endlich am richtigen Platz war.

Andreas Malessa

Chorprobe der himmlischen Heerscharen

„Ruhe bitte! Ruhe!“ Erzengel Gabriel, Dirigent und Arrangeur der himmlischen Engelschöre, musste mit dem Taktstock mehrmals aufs Notenpult klopfen. Die Heerscharen in Weiß und Gold raschelten mit den Flügeln, kicherten nervös und waren ungewöhnlich aufgeregt.

Verständlicherweise: In wenigen Minuten würde etwas passieren, was seit Jahrtausenden sehnsüchtig erwartet wurde. Das unbegreifliche Wunder: Gott selbst kommt als Mensch in die Welt. Der „Messias“ Jesus, der Erlöser vom Bösen. Der Versöhner und Heilbringer, der wird heute Nacht als normales menschliches Baby von einer jungen Frau geboren werden!

Gleich wird die hauchdünne Trennwand zwischen Raum-und-Zeit der Menschenwelt und Unendlichkeit-und-Ewigkeit des Himmels für einen Moment aufreißen – und sie, die Engel, werden für normale

Menschenaugen und Menschenohren zu sehen und zu hören sein! So etwas verursacht selbst im „höheren Chor“ Lampenfieber, und so schnattern Sänger und Instrumentalisten lebhaft durcheinander.

„Ruhe, Menschenskinder nochmal!“, rief Gabriel entnervt. Aber da lachten alle noch lauter – denn das waren sie ja nicht. Das sollte Gott erst werden: ein Menschenskind.

„Also, ich habe aus den vielen prophetischen Ankündigungen des Retters Jesus, aus Psalmen und aus Jesaja-Texten folgenden Zweizeiler formuliert“, sagte der Dirigent und errötete etwas (wie fast alle, die ein eigenes Gedicht vorlesen sollen):

„Ehre sei Gott in der Höhe – und Friede auf Erden den Menschen seines Wohlgefallens.“ Es folgte eine bewundernde Stille.

„Das wird ein Hit!“, dachte ein kirchengeschichtlich weitsichtiger Engel in der dritten Reihe begeistert. „Die ersten Nachfolger Jesu und viele Passanten auf der Straße werden es jubelnd rufen, wenn Jesus auf einem Esel nach Jerusalem einzieht.“

Gabriel räusperte sich vernehmlich.

„Hmhm. Diesen Chartbreaker, äh, ich meine Lobgesang, müsst ihr allerdings ohne Dirigent aufführen, weil ich erst mal alleine den Hirten auf dem Feld erscheine, mit einem Soloprogramm. Und dann kommt ihr nach."

„Klar", schmunzelte ein Bass hinten zu sich selbst, „wenn wir mit der geballten himmlischen Herrlichkeitspower über den Hirten auftauchen, dann ist ihr Schrecken größer als ihre Freude!" Und laut sagte er: „Gabriel! Selbst wenn du alleine zu ihnen gehst, sag ihnen erstmal: ‚Fürchtet euch nicht! Siehe, ich verkündige euch große Freude!' Sonst geraten die bloß in Panik und Hektik, so wie 2000 Jahre später die Konsumsklaven in der Vorweihnachtszeit. Betone die Freude, hörst du?!"

„Moment mal", rief eine Harfenspielerin aus dem Orchester dazwischen. „Ich hör immer Hirten. Das soll unser Publikum sein? Humtata-Mitklatscher vom Musikantenstadl? Warum schmettern wir diesen herrlichen Gesang von der majestätischen Ehre Gottes und von seiner gnädigen Versöhnung nicht in den Jerusalemer Königspalast? Oder gestalten eine erhabene Mitternachtsmesse im Tempel?"

„Genau!", kreischte eine Sopranstimme ganz unengelhaft zur Bestätigung. „Ich soll die kostbare Botschaft vom Frieden Gottes tat sächlich in, in ... in die lärmende Wuseligkeit überfüllter Basar-

straßen und rauchiger Gasthäuser hineinsingen? In den Kommerzrummel der Märkte? Und in den Gestank von Schaf- und Ziegenherden?! Also, nein!" Und dabei rümpfte sie ihre eigentlich sehr hübsche Nase. „Hirten!", empörte sich die Harfenspielerin weiter, „die ziehen doch Tieren und Menschen das Fell über die Ohren. Die haben zurzeit ein so niedriges Sozialprestige, dass sie vor Gericht gar nicht als Zeugen zugelassen sind. Ausgerechnet die Unglaubwürdigsten einer Gesellschaft sollen dann unsere gute Nachricht weitersagen? Na toll!"
„Und außerdem", ergänzte die vornehme Sopranistin, „werden sie intellektuell gar nicht mit dem Wunder der Menschwerdung Gottes fertig!"
Chorleiter Gabriels sprichwörtliche Engelsgeduld wurde so kurz vor dem Fest wahrhaft kräftig strapaziert. „Ehre sei Gott in der Höhe", sagte er mit fester Stimme – und sofort ebbte der Geräuschpegel ab – „das bedeutet doch keinen Glamour im irdischen Sinne. Gottes Majestät dürft ihr auch bitteschön nicht mit menschlichem Imponiergehabe, mit Angeberei und Gegockel verwechseln. Der Ruhm des Höchsten, der hat nichts mit Publizität und Popularität zu tun. Mit ‚Ehre, Herrlichkeit, Majestät' und so weiter ist *Gottes Wesen* gemeint. Und da Gott wesensmäßig *Liebe* ist, da seine *Gnade*

so weit reicht wie unser unendlicher Himmel hier – deshalb will er ja gerade zu den kleinen Unbekannten, den schlicht Gestrickten und zu denen, die ihr Geld im Freien verdienen. Gott demonstriert heute Nacht doch die Aufwertung der Verachteten! Wir singen heute von Gottes Wertschätzung für die Armen! Versteht ihr? Kleinkarierte Verhältnisse – große Freude! Gottes Macht ...", und bei diesem gewaltigen Begriff wurde es noch einmal mucksmäuschenstill im Chor, „Gottes Macht zwingt ja niemanden zu Boden, sondern richtet ihn auf, macht hängende Köpfe zuversichtlich und gebeugte Rücken gerade. Überlegt doch mal: Gott kommt heute als Baby auf die Welt. Ein Neugeborenes, das ist klein, zerbrechlich, wehrlos, ohnmächtig. Es ist den Erwachsenen völlig ausgeliefert. Aber gerade das ist die Macht des Kindes: Es appelliert an unsere Menschlichkeit, eben weil es so ohnmächtig ist. Es mobilisiert unser Mitgefühl und unsere aktive Fürsorge, eben weil es so ausgeliefert ist. Wer ein Herz im Leibe hat, empfindet Liebe für ein Baby. Das wird auch, pardon, klobigen Klötzen wie den Hirten so gehen. Außerdem hat Gott nicht nur unendliche Liebe und Gnade für uns; er hat auch Humor: Ausgerechnet die wenig angesehenen Hirten sollen seine Botschaft weitertragen, jawoll!"

„Das wird ein Prinzip werden ...", schmunzelte der kirchengeschichtlich weitblickende Engel in der dritten Reihe wieder. „Die Nachricht von der Auferstehung zum Beispiel wird Gott ausgerechnet von zwei Frauen weitertragen lassen, die ja in ihrer Zeit vor Gericht auch nicht als Zeugen zugelassen sind. Noch nicht. Hmhm. Und die Ausbreitung der frühen Christengemeinden wird unter Sklaven in Antiochien und Hafenarbeitern in Korinth am stärksten sein. Und ein körperlich kranker Missionar wird aus dem Knast einen Brief an die Gemeinden in Philippi schreiben – und im zweiten Kapitel ein wunderschönes Lied von diesem ›Abstieg Gottes aus Liebe‹, von diesem ›gnädigen Herunterkommen‹ dichten."

Gabriel räusperte sich wieder. „Und was das intellektuelle Niveau unserer Zuhörer angeht, verehrte Sopranistin: Die Menschen werden mit dem Geheimnis der Menschwerdung Gottes *nie* fertig werden. Auch die Schlauesten nicht. Aber wenn sie im Glauben anfangen, wenn sie sich auf die Socken machen und Jesus suchen, dann werden sie ihn tatsächlich finden. Bei einer himmlisch schönen Musik. Bei einem Gespräch auf der Arbeit. Nachts über einem Buch. In der Bibel. Bei einem Gespräch mit Freunden, bei einem Gottesdienst. Die Menschen können ab jetzt

Jesus überall begegnen – im unscheinbaren Stall, in den miefigen vier Wänden. Das Äußere ist nicht wichtig. Die Symbole der Majestät und Herrlichkeit Gottes sind nicht Krone und Zepter, sondern Windeln und Krippe. Dort könnt ihr ihn finden, werde ich gleich den Hirten sagen. Die Erhabenheit unseres himmlischen Lichts, der Glanz, die Schönheit und die Harmonie unseres Engelgesangs, das alles erlischt ja schnell. Bald bedeckt die Männer der ganz normale Nachthimmel, die Kälte des Winters und die soziale Kälte ihrer Zeit. Deshalb schicke ich sie zu Jesus. Zum Licht. Zur Wärme. Zur begreifbaren und anschaulichen Liebe Gottes. Und ..." „Und doch", unterbrach ihn der kirchengeschichtlich weitsichtige Engel in der dritten Reihe, „und doch werden die Menschen jahrtausendelang immer um diese Jahreszeit alles zusammentragen, was sie an unseren Auftritt erinnert: Kerzen und Sterne, Baumschmuck und Lichterketten, Engelattrappen und Rauschgoldlametta. Je heller sie ihre Schaufenster und Straßen erleuchten, umso finsterer schauen dabei manche aus den Augen. Dabei könnten sie 365 Tage im Jahr an der Krippe stehen und ihre geistigen und geistlichen, ihre emotionalen und sozialen Dunkelheiten ans Licht bringen. Ganz ohne Angst vor Bloßstellung. Vorwürfe, Verletztheiten, Lügen, Gleichgültigkeit, Untreue, Hass, Traumata – *alles* würde Gottes vergebende, gnädige Liebe ihnen abnehmen. Wenn sie Vertrauen hätten, dass Jesus tatsächlich *ihretwegen* auf die Welt gekommen ist."

„Danke", sagte Gabriel und schaute in die strahlend helle Runde der himmlischen Heerscharen hinein. „Ich hoffe, der Gesangstext ist klar, die Umstände unseres Konzertes auch?" Sein Taktstock zitterte dabei ein wenig vor Erregung.

„Na ja ..." Zögernd meldete sich ein Tenor. „Und was ist mit der zweiten Zeile: Friede auf Erden den Menschen seines Wohlgefallens? Heißt das, nur die Menschen, an denen Gott Gefallen hat, weil sie Jesus annehmen, nur die werden Frieden bekommen in ihrem Leben? Ich meine, wenn das so ist, dann sollten wir wirklich lieber gleich im Tempel auftreten. Oder nur den strengen, frommen Mönchen im Wüstenkloster Qumran erscheinen!"

„Oh nein, danke für den Hinweis", seufzte Erzengel Gabriel und raufte sich das volle Engelhaar, „dieser Friede Gottes ist für alle Menschen gedacht und gewollt. Wir können auch singen: Friede allen Menschen, denen Gottes Wohlwollen gilt. Leider werden sich aber nicht alle davon beschenken lassen. Und lieber weiterwurschteln in Gleichgültigkeit gegen Gott, Streit und Hass und Gewalt gegeneinander und im Widerstreit mit sich selbst. Bis zum Zerbruch von Familien, bis zu Gewalt in der Sexualität, bis zu Kapitalverbrechen und Bürgerkrieg kann das führen, dass Menschen dieses Geschenk des Friedens rigoros ablehnen."

„Obwohl sie sich sonst alljährlich um diese Zeit jeden nur erdenklichen Scheiß schenken lassen!", brummte der kirchengeschichtlich prophetische Chorist in der dritten Reihe – was ihm den strengen Blick von Gabriel einbrachte.

„Nur weil das leider so ist", fuhr der fort, „ereignet sich der Friede Gottes oft nur im kleinen Kreis der Frommen. Ursprünglich gedacht ist er aber für alle – und heute Nacht, ab jetzt und für immer, bekommt jeder Mensch die Gelegenheit, diesen Frieden Gottes und sein Wohlgefallen anzunehmen. Was positiverweise dazu führen wird, dass sehr unterschiedliche Glaubende gemeinsam vor Jesus stehen werden ..."

„Heyhey!", gluckste der Vorausschauer dazwischen, „ich stelle mir gerade die drei reichen, superschlauen Astrophysiker aus Babylonien vor, edel gekleidet wie Könige, wie sie direkt neben den lumpigen, verschwitzten Hirten an der Krippe knien!"

„Jaja, ist ja gut!", Gabriel wurde etwas ungehalten, „also, sehr unterschiedlich geprägte Menschen werden gemeinsam im Frieden miteinander leben können, weil ..." Der Ärmste wurde schon wieder unterbrochen. „Und wieso dann ‚Ehre sei Gott in der Höhe – und Friede auf Erden den Menschen seines Wohlgefallens'? Was soll der Konjunktiv? Frommer Wunsch oder was?" Die Harfenspielerin war erstaunlich keck für einen Engel.

„Unsinn!" Gabriels Stimme wurde scharf. „Ich meine damit: So soll es sein! Und zwar genau in dieser Reihenfolge. Als logische Konsequenz: Wer Gott Ehre machen will, wer Gott danken und loben will, tut das am besten damit, dass er den Menschen Frieden vorlebt, dass er Frieden stiftet. *Erst* die Anerkennung Gottes, *dann* die Versöhnung und Vergebung, der Friedensschluss untereinander, und *dann* das Wohl aller Menschen. Ich hoffe, jetzt ist alles klar, und wir können ..."

Aber da wurde die Chorprobe, zu der es ja noch gar nicht gekommen war, jäh unterbrochen.

Der Himmel riss auf. Dem ganzen Ensemble wurde der Boden unter den Füßen weggezogen. Die pechschwarze Kälte einer palästinensischen Winternacht schlug den Sängerinnen und Sängern entgegen.

Gabriel stand tief unten zwischen dem zusammengeflochtenen Dornengestrüpp und den notdürftig gezimmerten Weidezäunen und rief dauernd: „Fürchtet euch nicht. Fürchtet euch nicht. Ich verkündige euch große Freude. *Freude* – kapiert?!"
Aber unter den irdischen Verhältnissen klang sein wundervoller Bariton wie ein rollender Donner von einem Horizont zum anderen. Die Harfenspielerin freute sich unbändig, eben nicht in einer weihevollen Krönungsmesse im Tempel zu spielen, sondern vor verdutzten Hirten auf einem nächtlichen Open-Air-Festival umsonst und draußen.
Der Tenor memorierte noch schnell die Reihenfolge: „Ehre Gottes – Friede auf Erden – allen Menschen gilt Gottes Wohlgefallen"; die kiebige Sopranistin jubilierte im Sturzflug so himmlische Tonkaskaden, dass alle Nachtigallen des Nahen Ostens schlagartig verstummten, und der kirchengeschichtlich weitsichtige Chorist aus der dritten Reihe, der kritzelte den wunderbar kurzen Liedtext auf einen Zettel: „Ehre sei Gott in der Höhe! Friede auf Erden! Euch ist heute der Heiland geboren: Christus, der Herr. In Windeln, in einer Krippe im Stall." Er lächelte. „Falls mal irgendein Arzt oder Evangelist das Ganze aufschreiben will", dachte er beim Landeanflug, „sicher ist sicher".

Und dann – dann wurde alles so aufgeführt, wie wir es seit mehr als 2000 Jahren in der Weihnachtsgeschichte des Lukas lesen. Millionen Menschen sind seither Jesus begegnet. In dem Moment, in dem sie Gottes Geschenk bewusst und willentlich annahmen: Liebe. Begnadigung. Versöhnung.

Charles Tazewell

Das Weihnachtsgeschenk des kleinen Engels

Es war einmal – nach der Zeitrechnung der Menschen ist es viele, viele Jahre her, nach dem himmlischen Kalender freilich nur einen Tag – ein trauriges Engelchen, das im ganzen Himmelreich nur als der „Kleine Engel" bekannt war. Der Kleine Engel war genau zehn Jahre, sechs Monate, fünf Tage, sieben Stunden und zweiundzwanzig Minuten als, als er vor den ehrwürdigen Hüter der Himmelspforte trat und um Einlass bat. Herausfordernd stand er da, seine kurzen Beinchen trotzig gespreizt, und tat so, als wäre er von solch unirdischem Glanz nicht im Geringsten beeindruckt. Aber seine Oberlippe zuckte doch verräterisch und er konnte auch nicht verhindern, dass ihm eine Träne über das sowieso schon völlig verweinte Gesicht kollerte und sich erst auf seiner sommersprossigen Nase fing.
Aber das war noch nicht alles. Natürlich hatte er wie üblich sein Taschentuch vergessen, und als

der freundliche Himmelspförtner den Namen in sein großes Buch eintrug, musste der Kleine Engel plötzlich laut schnupfen – so laut, dass dem guten Himmelspförtner vor Schreck etwas passierte, was noch nie vorgekommen war: Er machte einen dicken Klecks auf die sauber beschriebene Seite!

Von diesem Augenblick an war der himmlische Friede gestört und der Kleine Engel wurde bald zum Schrecken aller Himmelsbewohner. Sein Pfeifen schrillte durch die goldenen Straßen, dass die Propheten jedes Mal zusammenzuckten und aus ihren Betrachtungen gerissen wurden. Und bei den Gesangsstunden des Himmelschores sang er so laut und so falsch, dass der zarte himmlische Klang völlig zerstört wurde. Dazu kam, dass er wegen seiner kurzen Beinchen stets zu spät zu den abendlichen Gebetsstunden erschien und die anderen Engel an ihre Flügel stieß, wenn er sich zwischen ihre Reihen hindurch auf seinen Platz zwängte.

Hätte man dieses schlechte Betragen noch übersehen können, so war seine äußere Erscheinung völlig unentschuldbar. Zuerst flüsterten Cherubinen und Seraphinen es sich heimlich zu, bald aber sprachen die Engel und Erzengel es ganz laut aus, dass er überhaupt nicht wie ein Engel aussah. Und sie hatten recht. Sein Heiligenschein hatte ganz trübe Flecken an den Stellen, wo er ihn mit seinen kleinen Schmutzfingern festhielt, wenn er rannte. Und er rannte eigentlich immer.

Aber selbst, wenn er einmal stille stand, saß der Heiligenschein immer irgendwo schief auf dem Kopf oder er fiel ganz herunter und rollte eine der goldenen Straßen entlang, sodass der Kleine Engel hinterherlaufen musste. Ja, und es muss auch gesagt werden, dass seine Flügel weder schön noch nützlich waren. Alle hielten den Atem an, wenn er sich wie ein ängstlicher, eben flügge gewordener Spatz an den äußersten Rand einer Wolke setzte und Anstalten zu einem Flug traf. Dann schloss er die Augen, hielt sich mit seinen beiden Händen die sommersprossige Nase zu, zählte bis drei und stürzte sich dann – Kopf über Heiligenschein hinaus – ins All. Und weil er dabei stets vergaß, seine Flügel in Aktion zu setzen, endete ein solcher Flug meist mit einer Panne.

Dass all dies früher oder später zu einer Bestrafung führen musste, sah jeder kommen. Und so geschah es dann, dass er an einem ewigen Tag im ewigen Monat eines ewigen Jahres vor den Engel des Friedens gerufen wurde.

Er kämmte sich sorgfältig die Haare, bürstete seine zerzausten Flügel und streifte sich ein fast sauberes

Kleid über – dann machte er sich schweren Herzens auf den Weg. Als er sich dem Gebäude der himmlischen Gerechtigkeit näherte, hörte er von Weitem schon fröhlichen Gesang erschallen. Schnell putzte er seinen Heiligenschein an seinem Kleid noch einmal blank und trat dann auf Zehenspitzen ein.

Der Sänger, der im Himmel als Engel des Verstehens bekannt ist, blickte auf den Kleinen Engel hinab und der machte sofort einen vergeblichen Versuch, sich unsichtbar zu machen, indem er seinen Kopf wie eine Schildkröte in den Kragen seines Gewandes einzog.

Bei diesem Anblick konnte der Engel des Verstehens nicht ernst bleiben. Er lachte ein herzliches, warmes Lachen und sagte: „Du bist also der Missetäter, der den Himmel so in Aufruhr versetzte! Komm, du kleiner Cherub, und erzähle mir nun alles."

Der Kleine Engel blinzelte zuerst mit dem einen und dann mit dem anderen Auge hinauf zu dem großen Engel – und plötzlich, er wusste selbst nicht, wie es gekommen war, saß er auf dessen Schoß und erzählte, wie schwer es doch für einen kleinen Jungen sei, wenn er plötzlich ein Engel würde. Und er hätte auch wirklich nur ein einziges Mal am goldenen Tor geschaukelt. Nun ja, zwei

Mal; richtig, vielleicht war es drei Mal; aber doch nur, weil er solche Langeweile hatte. Und das war wohl auch das ganze Unglück. Der Kleine Engel hatte nichts zu tun. Und er hatte Heimweh. Nicht dass es im Paradies nicht schön wäre! Aber die Erde war eben auch schön gewesen mit den Bäumen, auf die man hinaufklettern konnte, und mit den Fischen im Wasser, die man fangen konnte, und mit ihren Seen zum Schwimmen, ihrer Sonne, ihrem Regen und dem braunen Lehm, der sich so weich und warm anfühlte unter den Füßen!

Der Engel des Verstehens lächelte verständnisvoll. Dann fragte er den Kleinen Engel, was ihn im Paradies wohl am glücklichsten machen würde. Der dachte eine Weile nach und flüsterte ihm ins Ohr. „Zu Hause unter meinem Bett steht eine Schachtel. Wenn ich die haben könnte!" Der Engel des Verstehens nickte. „Du bekommst sie", versprach er und sandte sofort einen Himmelsboten danach aus.

In all den zeitlosen Tagen, die nun folgten, wunderten sich alle über die merkwürdige Wandlung, die sich in dem Kleinen Engel vollzogen hatte. Er war der glücklichste von allen Engeln und sein Betragen und sein Aussehen waren so vorbildlich, dass niemand mehr etwas auszusetzen hatte.

Eines Tages nun kam die Kunde, dass Jesus, der

Sohn Gottes, von Maria, der Jungfrau, zu Betlehem geboren werden sollte.
Allgemeiner Jubel wurde laut und all die Engel und Erzengel, die Seraphinen und Cherubinen, der Himmelspförtner und alle anderen Himmelsbewohner legten ihre alltäglichen Arbeiten beiseite, um Geschenke für das Gotteskind vorzubereiten.
Alle waren eifrig bei der Arbeit, nur der Kleine Engel nicht. Der saß auf der obersten Stufe der goldenen Himmelstreppe und wartete, den Kopf in die Hände gestützt, auf eine gute Idee für ein passendes Geschenk. Aber so sehr er auch nachdachte, es fiel ihm nichts ein, was würdig gewesen wäre für das göttliche Kind.
Die Zeit des großen Wunders war schon bedenklich nahe gerückt, als ihm plötzlich der erlösende Gedanke kam. Und am Tag der Tage holte er sein Geschenk aus seinem Versteck hinter einer Wolke hervor und legte es vor den Thron Gottes nieder. Es war nur eine kleine, unscheinbare, abgegriffene Schachtel, aber sie enthielt all jene wunderbaren Dinge, die selbst ein Gotteskind erfreuen mussten.
Da lag nun die kleine, unscheinbare, abgegriffene Schachtel mitten unter den kostbaren Geschenken der Engel des Paradieses, Geschenke von solcher Pracht und atemberaubender Schönheit, dass der

Himmel und das gesamte Weltall von ihrem bloßen Widerschein erleuchtet waren. Als der Kleine Engel diese Pracht sah, wurde er ganz niedergeschlagen, denn er erkannte, dass sein Geschenk unwürdig war. Am liebsten hätte er es wieder zurückgenommen, aber dazu war es nun zu spät. Die Hand Gottes bewegte sich bereits über all die Geschenke hinweg, hielt plötzlich inne, senkte sich herab – und ruhte auf dem ärmlichen Geschenk des Kleinen Engels. Der Kleine Engel zitterte, als die Schachtel geöffnet wurde und nun vor den Augen Gottes und der anderen Himmelsbewohner das offen dalag, was er dem Gotteskind zum Geschenk gemacht hatte: ein Schmetterling mit goldgelben Flügeln, den er an einem sonnigen Tag in den Bergen gefangen hatte, ein himmelblaues Vogelei, das aus einem Nest im Olivenbaum gefallen war, zwei weiße Kieselsteine, die er am schlammigen Ufer des Flusses gefunden hatte, und ein abgerissenes Stück Leder, das einst das Halsband seines treuen vierbeinigen Begleiters gewesen war …

Der Kleine Engel weinte heiße, bittere Tränen. Wie hatte er jemals annehmen können, dass solche unnütze Dinge einem Gotteskind gefallen würden?

In panischer Angst wandte er sich um, um wegzulaufen und sich zu verstecken vor dem göttlichen

Zorn des himmlischen Vaters. Aber plötzlich stolperte er und fiel so unglücklich über eine Wolke, dass er bis vor den Thron des Allmächtigen kollerte. Lähmende Stille herrschte in der himmlischen Stadt, eine Stille, in der nur das herzzerreißende Schluchzen des Kleinen Engels zu hören war. Aber plötzlich erhob sich eine Stimme, die Stimme Gottes, und sie sprach: „Von allen Geschenken gefällt mir diese Schachtel am besten. Sie enthält Dinge von der Erde und von den Menschen, und mein Sohn ist zum König beider geboren. Ich nehme deshalb dieses Geschenk im Namen des Kindes Jesus an, das heute von Maria in Betlehem geboren wurde."

Es folgte eine atemlose Stille und dann begann die Schachtel des Kleinen Engels plötzlich in einem völlig unirdischen Licht zu leuchten. So hell und so strahlend wurde das Leuchten, dass es die Augen aller Engel blendete. Keiner von ihnen konnte daher sehen, wie dieses strahlende Etwas sich von seinem Platz vor dem Thron Gottes erhob – nur der Kleine Engel sah, wie es seinen Weg über das Firmament nahm und als klar leuchtendes Zeichen über einem Stall stehen blieb, in dem ein Kind geboren wurde.

Karl Heinrich Waggerl

Wie Ochs und Esel an die Krippe kamen

Als Josef mit Maria auf dem Weg nach Betlehem war, rief ein Engel die Tiere heimlich zusammen, um einige auszuwählen, der Heiligen Familie im Stalle zu helfen. Als erster meldete sich natürlich der Löwe: „Nur ein König ist würdig, dem Herrn der Welt zu dienen", brüllte er, „ich werde jeden zerreißen, der dem Kind zu nahe kommt!"

„Du bist mir zu grimmig", sagte der Engel. Darauf schlich sich der Fuchs näher. Mit unschuldiger Miene meinte er: „Ich werde sie gut versorgen. Für das Gotteskind besorge ich den süßesten Honig, und für die Wöchnerin stehle ich jeden Morgen ein Huhn!"

„Du bist mir zu verschlagen«, sagte der Engel. Da stelzte der Pfau heran. Rauschend entfaltete er sein Rad und glänzte in seinem Gefieder. „Ich will den armseligen Schafstall köstlicher schmücken als Salomon seinen Tempel!" „Du bist mir zu eitel", sagte der Engel. Es kamen noch viele und priesen ihre Künste an. Vergeblich.

Zuletzt blickte der strenge Engel noch einmal suchend um sich und sah Ochs und Esel draußen auf dem Felde dem Bauern dienen. Der Engel rief auch sie heran: „Was habt ihr anzubieten?" „Nichts", sagte der Esel und klappte traurig die Ohren herunter, „wir haben nichts gelernt außer Demut und Geduld. Denn alles andere hat uns immer noch mehr Prügel eingebracht!" Und der Ochse warf schüchtern ein: „Aber vielleicht könnten wir dann und wann mit unseren Schwänzen die Fliegen verscheuchen!" Da sagte der Engel: „Ihr seid die richtigen!"

Friedrich von Bodelschwingh

Wo Mutter ein Engel gewesen war

Als im Herbst das Obst reif an den Bäumen im Garten hing, hatte uns der Vater streng verboten, auf die Bäume zu klettern. Wir durften nur von den heruntergefallenen Früchten essen. Aber einmal hatte ich das Verbot doch übertreten und war heimlich auf einen Baum geklettert. Dabei zerriss ich mir unglücklich den Hosenboden. Heimlich schlich ich mich mit einem bösen Gewissen nach Hause. Dabei drehte ich mich immer so geschickt, dass keiner den Schaden entdecken konnte.

Nach dem Abendbrot ging ich in mein Zimmer; besah dort erst richtig voll Entsetzen die zerrissene Hose und legte sie zuunterst auf den Stuhl, alle anderen Kleidungsstücke geschickt darüber. Dann kniete ich am Bett nieder, um mein Abendgebet zu sprechen: „Lieber Gott, ich bin heute ungehorsam gewesen. Vergib mir doch und mach, dass morgen früh meine Hose wieder heil ist."

In diesem Augenblick ging meine Mutter an der

Kinderzimmertür vorbei, blieb einen Augenblick stehen und hörte mein Gebet. Dann ging sie lächelnd weiter. Dem Vater sagte sie nichts. Sie wollte eine Handlangerin Gottes sein. Als ich fest eingeschlafen war, nahm sie die zerrissene Hose und machte sie wieder heil. Dann legte sie die Hose so hin, wie sie unter dem Berg von Kleidern gelegen hatte.

Als ich am nächsten Morgen erwachte, war mein erster Griff nach der Hose. Welch ein Wunder, die Hose war wieder in Ordnung! – Ich weiß noch heute, dass dieses Erlebnis, wo Mutter ein Engel gewesen war, meinen Kinderglauben mächtig stärkte.

Eugen Roth

Fürchtet euch nicht!

Von Weihnachten her fährt ein glitzerndes Silberband herum, zehn Mal lag es schon im Papierkorb, aber Stefan zieht es immer wieder heraus. Er lässt sich's kunstvoll um sein lockiges Haupt winden, er ist ein Engel und schwebt mit tausend Schnaxen und Faxen durchs Zimmer.

Beim Frühstück gibt er keine Ruhe: der Papi muss auch ein Engel sein! Er klettert an mir herauf, schlingt mir das Band um den Kopf, verlangt, dass ich wenigstens ein bisschen herumflattere. Ich bin nun wirklich kein Engel an Geduld, er schleppt mich vor einen Spiegel, ich muss mich überzeugen, wie ich als Engel ausschaue. Ich finde mich freilich einem alten Römer ähnlicher als einem himmlischen Boten, ich habe bald genug von dem kindischen Spiel, ich greife zur Zeitung, trinke meinen Tee und vergesse völlig meinen läppischen Kopfschmuck.

Auch der Stefan ist längst kein Engel mehr, sondern ein Bösewicht voller aufreizender Ungezogenheiten. „Jetzt habe ich es satt!“, rufe ich zornig und stelle mich mit drohend erhobener Hand vor ihn hin. Er aber strahlt mich furchtlos an, schüttelt die Locken und sagt, mit seinem süßesten Stimmchen, mild verweisend: „Engel hauen keine Kinder!“

Andrea Schwarz

Wenn Engel Federn lassen ...

Norbert, von dem ich diese Geschichte gehört habe, ist ein junger Engel. Nein, kein kleiner Engel, die gibt es zwar auch – aber das wäre schon wieder eine andere Geschichte.
Norbert ist ein junger, großer Engel – und derzeit in der Ausbildung zum Erzengel, also eine Art „Lern-Engel". Auch Engel haben eine Lehr- und Ausbildungszeit, um wirklich gute und hilfreiche Engel zu werden und ihre Aufgaben ordentlich zu erfüllen. Norberts Ausbildung war fast beendet, das hatte kürzlich der Erzengel Michael durchblicken lassen, dem er als Lern-Engel zugeordnet war.
Norbert freute sich auf den Tag, an dem er endlich ganz selbstverantwortlich seinen Dienst tun würde. Er hatte sich für Gott entschieden und war bereit, alles für ihn zu tun – und er mochte die Menschen, auch wenn sie auf der Erde immer wieder einigen Unsinn anstellten. Gerade deshalb wollte Norbert Erzengel werden, ihm schien es eine reizvolle Auf-

gabe zu sein, zwischen Gott und den Menschen zu vermitteln, gewissermaßen Himmel und Erde miteinander zu verbinden. Er fand viel Sinn in seiner Aufgabe und tat die Arbeit gern, er war idealistisch, voller Träume und Ideen und engagierte sich mit Hingabe.

Gelegentlich aber verlor sogar er die Hoffnung – die Menschen schienen so wenig von der Botschaft Gottes verstanden zu haben, überall herrschte Unheil und Unfriede, im Großen wie im Kleinen – und hatte er eine Sache erledigt, waren gleich zwei neue Aufgaben da. Wo sollte das nur noch hinführen? Manchmal fühlte sich Norbert wirklich ein bisschen überfordert – aber dann sagte er sich: „Bange machen gilt nicht!" – und flog seiner nächsten Aufgabe entgegen.

Zwei Dinge sollte man von Norbert vielleicht noch wissen, bevor die Geschichte richtig beginnt:

Norbert wohnte im Himmel auf Wolke 17a – und dort fühlte er sich eigentlich ganz daheim – *wenn* er mal zuhause war. Junge Engel sind auch im Himmel eher selten geworden, und so hatte Norbert zahlreiche Aufträge, die ihn zur Erde führten. Er war nicht immer glücklich darüber, schon wieder wegfliegen zu müssen, ihm gefiel es auf seiner Wolke eigentlich ganz gut – aber er sah's ja ein:

Den Menschen musste geholfen werden, sie brauchten die Botschaft Gottes in ihrem Leben – und sie brauchten deshalb die Engel. Trotzdem, manchmal wünschte er sich, er könnte seine Aufgaben auch erfüllen, ohne so viel unterwegs zu sein – aber wenn er im Himmel hätte bleiben wollen, hätte er halt „Lobpreis-Engel" werden müssen. Dazu aber fühlte Norbert sich nun doch nicht berufen. Und so packte er halt mal wieder seinen Flugrucksack ...

Erwähnt werden muss auch noch, dass Norbert eine Schwäche hatte, an der auch der Erzengel Michael trotz aller Bemühungen nichts hatte tun können – Norbert neigte ein wenig zum Stolz. Er war schlichtweg verliebt in seine Flügel – zugegeben, sie waren wirklich wunderschön! Und so schaute er manchmal ein wenig hochmütig auf die Engel herab, deren Flügel etwas mitgenommen aussahen. Konnten denn die Kollegen-Engel nicht ein wenig sorgfältiger mit ihnen umgehen, nicht besser darauf aufpassen? Schließlich waren es doch nicht zuletzt die Flügel, die einen Engel zum Engel machen. So dachte er manchmal – und richtete an seinen Flügeln dort eine Feder, putzte da einen Fleck weg, bürstete und strich glatt. Und bei 144 Federn, aus denen jeder Engelsflügel besteht, konnte das schon ziemlich Arbeit machen. Er jedenfalls moch-

te seine Flügel, ja, jede einzelne Feder – und er würde sie um nichts auf der Erde und im Himmel hergeben!
Es war ein Dienstagabend, an dem diese Geschichte eigentlich beginnt. Norbert hatte einen ruhigen Wolkentag hinter sich. Von seinen letzten Aufträgen her war er ziemlich müde gewesen, jetzt hatte er viel geschlafen und ein bisschen aufgeräumt. Wenn man so viel unterwegs ist, bleibt doch manches liegen. Der geruhsame Tag hatte ihm gut getan. Und nachdem es gegen Abend auch im Himmel ein bisschen ruhiger wurde, beschloss Norbert, eine kleine Runde spazieren zu fliegen und auf der Dienstwolke vorbeizuschauen, ob es dort eine Mitteilung für ihn gab. Er warf noch einen Blick auf seine Flügel, rückte die eine und andere Feder zurecht, gab den obersten Federn einen leichten Schwung – und flog los. Er hatte Zeit heute Abend, hielt da und dort ein Schwätzchen, schaute auf Wolke 13 vorbei, wo sein Engelfreund Peter wohnte, aber der war natürlich mal wieder ausgeflogen – und landete schließlich auf seiner Dienstwolke. Im Postkörbchen lag einiges, die letzten Himmelsrundbriefe, Werbung für Duftöle und Sternenflimmer, die allerneueste Statistik zur Frage, ob die Menschen an Engel glauben – und schließlich

ein kleiner, blassvioletter Umschlag ohne Absender, sorgfältig zugeklebt. Mit schöner Handschrift stand „für Engel Norbert" darauf. Norbert drehte den Umschlag neugierig hin und her, solche Umschläge hatte er im Himmel noch nie zu Gesicht bekommen – und riss ihn schließlich gespannt auf. Drinnen lag ein zusammengefalteter, ebenfalls blassvioletter Briefbogen – und als Norbert ihn auseinanderfaltete und sein Blick auf die oberste Zeile fiel, wurde ihm doch etwas schwach in den Flügeln. Da stand nämlich einfach nur: „Von Gott an Norbert, zur Zeit Lern-Engel." Das konnte nicht wahr sein! Gott hatte ihm geschrieben, ihm ganz persönlich – das war noch nie vorgekommen!
Vor Norberts Augen verschwammen die Buchstaben, die Außenfedern seiner Flügel zitterten leicht – und Norbert hatte das dringende Bedürfnis, sich jetzt einfach irgendwo hinzusetzen.
Gott! Gott hatte ihm geschrieben! Du meine Güte – das hatte er noch nie gehört, dass sich Gott höchstpersönlich an einen Lern-Engel wandte. Blitzschnell erforschte er sein Gewissen – aber er konnte sich an nichts erinnern, was er getan oder unterlassen hätte, was für einen Tadel Gottes hätte Anlass sein können. Naja, zugegeben, als er das letzte Mal auf der Erde gewesen war, war er bei

dem schönen Wetter noch schwimmen gegangen, obwohl sein Auftrag schon erledigt war, und beim vorletzten Mal hatte er eine Tüte Gummibärchen von der Erde in den Himmel mitgebracht, obwohl das streng verboten war – er aß sie halt so gerne. Aber all das waren ja nun wirklich keine Dinge, um die sich Gott persönlich kümmern würde. Von seinem Ausbilderengel Michael hatte er da manchmal schon den einen oder anderen Tadel einstecken müssen – aber dass Gott sich mit Gummibärchen befasste, das glaubte er nun doch nicht. Was aber konnte Gott dann nur von ihm wollen?

Norbert holte tief Luft – und las weiter: „Lieber Norbert, bitte flieg nach Krisanistan und sorg dort ein bisschen für Ordnung! Mit freundlichem Gruß, Gott." Norberts Augen wurden beim Lesen groß und immer größer. Ein Auftrag von Gott für ihn, den Lern-Engel? Und das handgeschrieben auf blassviolettem Papier? Und Gott ordnete nicht einfach an, sondern sagte „bitte!"? Und „lieber Norbert"? Er verstand den Himmel nicht mehr. So etwas war seines Wissens noch nie vorgekommen, dass Gott höchstpersönlich mit einem Lern-Engel ...

In ihm jagten sich die Gedanken und Gefühle. Er freute sich über das Vertrauen Gottes in ihn und war stolz über den Auftrag – aber musste es denn gerade Krisanistan sein? Da murksten ja schon die UN-Friedenstruppen lang genug herum und kamen keinen Schritt voran, die großen Weltmächte bissen sich die Zähne daran aus. Wie stellte Gott sich das nur vor? Krisanistan – unmöglich! Das war drei Nummern zu groß für ihn. Krieg zwischen den Völkern, kein Mensch blickte da mehr durch – und ob Gott noch durchblickte, wagte in diesem Moment sogar Norbert zu bezweifeln. Wie sonst wäre er wohl auf die Idee gekommen, gerade ihn nach Krisanistan zu schicken?

Aber Gott bat ihn – handgeschrieben auf blassviolettem Papier. Dieser persönlichen Bitte konnte sich Norbert kaum entziehen, und damit saß er in der Patsche: Nahm er den Auftrag Gottes an, musste er scheitern, einfach weil er nicht zu erfüllen war – lehnte er den Auftrag ab, dann war es auch aus. Egal, wie er sich entscheiden würde, sein Erzengeldiplom konnte er sich abschminken. Klar – wer würde auch einem Lern-Engel das Diplom verleihen, der bei einem persönlichen Auftrag Gottes kläglich versagte oder ihn gar ablehnte?

Norbert war schlichtweg ratlos. Er saß auf seiner Dienstwolke, den Brief Gottes in den Händen, die Flügel leicht herunterhängend, ein bisschen trau-

rig, ein bisschen überfordert – und ziemlich durcheinander.
In dem Moment klingelte das Telefon. Norbert überlegte einen Moment lang, ob er rangehen sollte, er hatte jetzt keine Lust auf nette Plaudereien. Der Anrufbeantworter war eingeschaltet, und so ließ er es einfach klingeln. Als das Band ansprang, hörte er sich selbst seinen Spruch sagen, dann klickte es – und eine Stimme sprach laut und vernehmbar: „Hier ist der Erzengel Michael. Schade, dass du nicht da bist. Könntest du dich bitte bei mir melden? Es ist dringend! Schönen Tag noch!
Michael" – Norbert zögerte einen Moment, was war denn grad nur los – alle wollten was von ihm!?
Dann griff er zum Telefonhörer, wählte und meldete sich: „Hallo Michael, hier ist Norbert. Tut mir leid, dass ich grad nicht abgenommen habe – aber ..." – seine Stimme stockte. „Was ist denn los?", fragte Michael. „Ich hab da einen Auftrag vom Chef persönlich, und ich kann das doch gar nicht, und das geht überhaupt nicht, aber wenn ich das nicht mache, dann weiß ich auch nicht mehr, und ..." Norberts Stimme versagte und Tränen kullerten seine Wangen entlang. Michael sagte kurzentschlossen: „Hast du Zeit? Dann komm her!"

Norbert zögerte kurz, aber dann schluchzte er auf: „Ja, ich glaube, das wär jetzt ganz gut ...!"
Eine Viertelstunde später saß Norbert Michael gegenüber – dieses Mal hatte er sich nicht die Zeit genommen, noch seine Flügelfedern zu richten, ein bisschen zerzaust sah er schon aus.
Michael wusste von dem Auftrag Gottes an Norbert – und konnte ahnen, was da grad in seinem Lern-Engel vorging. Deshalb hatte er sich auch bei ihm gemeldet. Ganz behutsam fragte er: „Was hat dich denn so durcheinandergebracht?" – „Michael – egal, wie ich mich entscheide, mach ich es falsch! Den Auftrag pack ich nicht – und Gott enttäuschen will ich auch nicht. Aber Krisanistan – das ist zu schwer für mich!" – Norbert schluchzte auf – und er war tatsächlich so durcheinander, dass er seine allerunterste linke Flügelfeder in seinen Händen hin und her drehte – was ihrem Aussehen nun allerdings wirklich nicht so arg gut bekam.
Michael dachte einen Moment lang schweigend nach. Dann sagte er schließlich: „Ich kann dich, glaube ich, ganz gut verstehen, Norbert. Aber – Engel zu sein, das ist nicht einfach. Das kostet auch viel Kraft und Hoffnung und Liebe. Und es braucht den Glauben." – „Den Glauben an was?", fragte Norbert, immer noch und schon wieder neu ein

bisschen verwirrt. „Den Glauben daran, dass Gott mir auch bei solchen Zumutungen gut will, dass er mich meint, mit allen Konsequenzen, dass Gott mit meinem Tun und meinem Lassen ist." – Norbert schüttelte verständnislos den Kopf: „Ich weiß nicht so recht – wenn dieser Gott mir gut wollte, würde er mich nicht in solche Situationen bringen!" – Michael antwortete liebevoll: „Vielleicht bringt Gott dich in diese Situation, weil er dir gut will." Norbert wurde wild: „Ich will aber nicht in solche Situationen gebracht werden! Ich bin gerne bereit, Gott zu dienen – aber das ist eh schon anstrengend genug!" – Michael lenkte ein: „Klar, kann ich verstehen – der Auftrag ist wirklich eine Zumutung, zugegeben. Aber vielleicht geht Gott ja mit, vielleicht will er was mir dir, probier's doch – und dann können wir ja noch einmal miteinander reden!"

Norbert wusste daraufhin nichts mehr zu sagen, er war verärgert und durcheinander und fühlte sich nicht ganz ernst genommen. Michael hatte gut reden – ein paar konkrete Hinweise statt der salbungsvollen Worte wären Norbert wirklich lieber gewesen. Er verabschiedete sich kurz von seinem Lehr-Engel und knallte doch tatsächlich, aber wirklich nur aus Versehen, die Wolkentür laut hinter sich zu.

Draußen schimpfte Norbert los – „nochmal miteinander reden … hah … der hat ja nicht mal richtig zugehört …“ – er bruddelte verärgert vor sich hin – „die spinnen ja alle miteinander!“ – und schlug ohne groß darüber nachzudenken, den Weg zu seiner Heimatwolke ein. „Krisanistan – so ein Quatsch – und warum gerade ich? Da könnten doch weiß Gott andere …“

Er war ratlos und verärgert und haderte mit seinem Schicksal. Ein unmöglicher Auftrag, Michael, der ihn im Stich ließ – und Peter war auch nicht da!

Sonst hätte man ja wenigstens mit dem zusammen mal überlegen können – aber nein …

Daheim angekommen, griff Norbert automatisch nach seinem Flugrucksack und fing mit dem Packen an. Schlafsack, Gesangbuch, Seife und Zahnpasta, ein bisschen Geld, ein Pullover, Socken – all das, was ein Engel halt so braucht, wenn er sich in irdischen Gefilden bewegt. Die gewohnten Handgriffe waren ihm vertraut, und beruhigten ihn auch ein wenig – aber Krisanistan und Gottes Auftrag ließen ihn nicht los. Plötzlich merkte er auf, sah sich selbst beim Packen zu – und musste auf einmal lachen. Da wusste er noch überhaupt nicht, was er mit diesem Auftrag Gottes anfangen sollte – und hatte doch ganz nebenbei schon seinen Flugrucksack gepackt. Also gut – irgendwie schien die Entscheidung gefallen zu sein. Er klüngelte noch ein bisschen herum, goss die Blumen, zog die Uhr auf, räumte dort was weg und ordnete da was ein – aber schließlich fasste er sich ein Herz. Es wurde auch nicht besser oder einfacher, wenn er hier weiter vor sich hin kramte. Vor diesem Auftrag konnte er nicht fliehen, also musste er es zumindest versuchen – und wenn er scheitern würde, dann hatte er es wenigstens probiert. Und eigentlich, das spürte er in diesem Moment ganz genau, wollte er auch nicht fliehen – bei aller Bangigkeit im Herzen. Vielleicht hatte ja Michael mit seinen Worten nicht so ganz unrecht, vielleicht wusste Gott ja wirklich, was er da tat, wenn er ihn nach Krisanistan schickte – aber dann hätte er es ja wenigstens ein bisschen praktischer formulieren können ...

Schließlich setzte er seinen Flugrucksack auf, schloss seine Wolkentür ab, sagte dem Nachbarn Bescheid und bat ihn, seine Wolke im Blick zu behalten – und flog endlich los.

Irgendetwas musste bei seiner Flugplanung vollkommen falsch gelaufen sein – Norbert geriet mitten in das Geschützfeuer über der Hauptstadt Krisanistans. Zumindest seine Ankunft hatte er sich

noch ein wenig angenehmer vorgestellt. Aber so pfiff und schoss es plötzlich um ihn herum, er zog Kopf und die Flügel ein und hoffte, dass es irgendwie vorbeigehen würde. Aber dann war plötzlich ein höllischer Schmerz in seinem linken Flügel, und Norbert war froh, noch halbwegs eine Notlandung in einem großen Park anpeilen zu können.
Er streifte leicht einen Baumwipfel, ein Fuß verfing sich in einem Strauch und Norbert fiel ziemlich unsanft auf den harten Boden. Seine Nase blutete – aber immerhin, er war gelandet. Norbert holte tief Luft und sah sich dann vorsichtig nach seinem linken Flügel um. Ojeh, das sah ganz und gar nicht gut aus. Er musste von einer Kugel oder einem Bombensplitter getroffen worden sein. Federn hingen lose herum, an einigen Stellen war Blut, manche Federn waren schwarz versengt – und mitten in seinem wunderschönen Flügel klaffte ein großes Loch! Norbert zitterte leicht – das fing ja gut an. Er hatte Schmerzen und auf einmal war ihm ganz weich in den Knien. Es wurde dunkel um ihn, die Knie gaben nach – dann bekam Norbert nichts mehr mit.
Als er aus seiner Ohnmacht erwachte, war es Nacht geworden. Norbert lag auf dem Boden, schlug die Augen auf und dachte als allererstes: Was tut denn

da so weh? Und – wo bin ich denn? Nur langsam kam die Erinnerung zurück: Der Auftrag Gottes, der Flug nach Krisanistan, der Bombenhagel, die peitschenden Schüsse, seine Verletzung, schließlich die Notlandung im Park. Er setzte sich vorsichtig auf, bewegte Arme und Beine, es schien zum Glück nichts gebrochen zu sein, nur der rechte Fuß tat ein wenig weh. Er sah sich nach seinem linken Flügel um, der viel von seiner Pracht eingebüßt hatte: Die Federn waren zerzaust, von Blut verklebt, eine seltsame Farbmischung aus weiß und rot und schwarz – mittendrin unübersehbar ein großes Loch.

Norbert seufzte – er hatte ja geahnt, dass das schiefgehen würde. Aber er hatte nicht gedacht, dass es ihn schon beim Anflug erwischen würde. Zum Helfen ausgeschickt – und jetzt hing er da mit seinem verletzten Flügel und war selbst auf Hilfe angewiesen. So konnte er nicht fliegen, so konnte er überhaupt nichts tun – sein Flügel musste verbunden werden, er musste irgendwo ausruhen, um wieder zu Kräften zu kommen. Kurz: Er brauchte Hilfe – aber woher und wie? Er schaute sich um – und plötzlich wurde ihm bewusst, was da um ihn los war: Schüsse gellten, Granaten heulten, Menschen schrien, der Himmel war von rotglühendem

Feuer erhellt. Bisher war er so benommen gewesen, dass er gar nichts von dem mitbekommen hatte, was da um ihn herum geschah – aber so allmählich wurde ihm klar, dass er wohl mitten in das Zentrum des Kriegsgeschehens hineingeraten war. Norbert hatte Angst – und das war ein ganz neues Gefühl für ihn.

Ihm war flau im Magen, seine Flügel zitterten – und in seinem Kopf jagten sich tausend Fantasien, was wohl noch alles passieren könnte. Ob er wohl jemals wieder in den Himmel ... und ob er Peter nochmal wiedersehen ... – und sein schöner Flügel ... Er weinte heftig vor sich hin, vor Schmerzen, vor Angst, in all seiner Verlassenheit und Hilflosigkeit.

Um ihn herum ließ die Schießerei allmählich nach. Nur hier und da war noch ein Schuss zu hören – Norbert horchte auf. Er wusste, er musste irgendwie Hilfe finden und dazu musste er den Schutz des Parks verlassen. Ob es jetzt vielleicht günstig war? Stöhnend stand er auf und sah sich nach seinem Flugrucksack um. Schließlich entdeckte er ihn in dem Strauch, in dem er mit seinem Fuß hängengeblieben war, zum Glück war nichts verloren gegangen. Er nahm ihn in die Hand und kroch mehr als er ging einem großen Tor entgegen, das er vorhin

entdeckt hatte. Er hatte wahnsinnig Angst – aber er musste es einfach probieren.
Jeder Schritt tat ihm weh, und er kämpfte sich mühsam vorwärts. Schließlich erreichte er das Tor und drückte den Griff probeweise hinunter – hoffentlich war es nicht versperrt! Der Griff gab nach, das Tor öffnete sich mit lautem Knarren. Norbert war erleichtert – die hohe Mauer zu überklettern, das hätte er in seinem Zustand ganz sicher nicht geschafft – vom Fliegen ganz zu schweigen. Er machte einen zögernden Schritt nach vorne und sah sich vorsichtig um. Der Gefechtslärm war verstummt, vor ihm lag eine breite Straße, kein Mensch war zu sehen. Norbert trat hinaus, er konnte es wohl riskieren. Aber dann war er unschlüssig – sollte er sich nach rechts oder nach links wenden? Die Häuser, sofern sie noch standen, sahen alle gleichermaßen abweisend und dunkel aus, nirgends gab es ein Licht, das ihm den Weg weisen konnte. Er zögerte ein bisschen, wandte sich dann aber nach rechts, einem spontanen Gefühl nachgebend.
Er stolperte die Straße entlang, es kostete ihn unsagbar viel Kraft – und manchmal spürte er die Sehnsucht, sich jetzt einfach irgendwo hinzulegen und einzuschlafen. Aber dann riss er sich wieder

zusammen und tappte noch einen Schritt weiter und noch einen und noch einen ...

Schließlich stand er vor einem kleinen, dunklen Haus. Er lauschte und schaute, alles war ruhig und dunkel. Norbert war am Ende seiner Kraft, er konnte nicht mehr – und wenn hier niemand war, der bereit war, ihm zu helfen ...

Er klopfte zögernd, voller Angst, dass niemand öffnen würde. Umso erleichterter war er, als nach kurzer Zeit die Tür ein klein wenig aufging und eine Stimme vorsichtig fragte: „Ja?" – „Ich bin verletzt und kann nicht weiter ...", brachte Norbert mühsam hervor. „Oh!", sagte die Stimme mitfühlend, die Tür öffnet sich weit und Norbert wurde von zwei Händen in einen Flur hineingezogen. Dort brannte eine Kerze, die den Raum notdürftig erhellte. Hinter ihm wurde die Tür rasch wieder geschlossen, und als Norbert sich umdrehte, sah er eine ältere Frau, sauber, aber ärmlich gekleidet – und sie schaute ihn mit warmen Augen an, die ihn für einen Moment alles andere vergessen ließen. Sie zog ihn näher ans Licht heran, um ihn zu betrachten – und sagte schließlich: „Na, Sie hat's wohl ziemlich bös erwischt. Kommen Sie, wir gehen ins Wohnzimmer, da ist besseres Licht, da kann ich mir die Wunde anschauen." Vom einen auf den anderen

Augenblick fühlte Norbert sich geborgen und aufgehoben und verlor seine Angst. Er folgte der Frau in ein gemütliches Zimmer, in dem die Fenster verdunkelt waren und einige Kerzen brannten.

„Lass mal sehen!“, sagte die Frau und wechselte auf das „Du“ über. Norbert hatte überhaupt keine Scheu, sie seinen Flügel untersuchen zu lassen, sie war ihm sympathisch, und er hatte Vertrauen.

„Du siehst etwas ungewöhnlich aus mit deinen Flügeln“, sagte die Frau ganz beiläufig. „Ich bin ein Engel ...“, Norbert staunte selbst, dass er dieser Frau das so einfach eingestehen konnte. Schließlich offenbaren sich Engel nur ausgesprochen ungern und selten in ihrem Engel-Dasein. Und in anderen Begegnungen hätte er sich lieber die Zunge abgebissen, als zuzugestehen, dass er aus den himmlischen Sphären kam – aber hier war es möglich. Seltsamerweise schien die Frau sich überhaupt nicht darüber zu wundern, dass sie einen Engel beherbergte.

„Ich habe noch nie einen Flügel verbunden“, sagte die Frau nachdenklich, „aber ich kann's ja mal versuchen.“ Norbert konnte die zarte Behandlung ihrer Hände gut zulassen, sie wusch und verband die

Wunde, sie bürstete die anderen Federn, so dass sein Engelsflügel wieder ganz weiß und sauber war, jetzt allerdings mit einem Verband um die beschädigten Federn.

Dann schürte die Frau das Feuer im Kamin, bat ihn an einen großen Esstisch und stellte ihm einen Teller Suppe hin. Norbert aß heißhungrig, die Suppe war kräftig und gehaltvoll. Schließlich lehnte er sich zufrieden zurück: „Jetzt geht's mir wieder besser!" – Die Frau sah ihn an und sagte behutsam: „Ich will ja nicht in dich dringen, aber was ist denn los mit dir?" Und, durch diesen zarten Zuspruch ermuntert, packte Norbert aus.

Er erzählte von seiner Ausbildung, von seiner Vorfreude auf das Engelsdiplom und seinem zukünftigen Beruf, von dem unmöglichen Auftrag Gottes an ihn, von seiner Rat- und Hilflosigkeit – und dann fügte er leise hinzu: „Ja, und jetzt bin ich wohl wirklich gescheitert. Ein Engel, zum Helfen ausgeschickt, mit lädiertem Flügel – und nun selbst auf Hilfe angewiesen." Und bitter lächelnd fügte er hinzu: „Schon im Anflug sozusagen versagt – wenn Gott mal wirklich was von mir will ..."

Die Frau schwieg lang, dann sagte sie leise und behutsam: „Könnte es sein, dass dir gerade das noch gefehlt hat?" – „Wie meinst du das denn?", fragte Norbert überrascht. „Naja", sagte die Frau, „du denkst und meinst vielleicht, dass man nur dann ein guter Engel ist, wenn man seine Aufgaben immer alle ganz hervorragend erfüllt, immer für andere da ist und selbst nie eine Schwäche zeigt." – Norbert stimmte ihr zögernd zu: „Schon – das ist doch schließlich so, oder?" – „Es mag was Richtiges dran sein, aber ich glaube nicht, dass das alles ist." – „Wie, es ist nicht alles? Was soll ich denn noch alles tun? Mir reicht das grad schon!"

Norbert brauste auf: „Ich kann nicht mehr, und ich will nicht mehr! So hab ich mir meinen Dienst nicht vorgestellt!"

Die Frau musste über die heftige Reaktion des jungen Engels ein wenig lächeln, aber es war ganz viel Liebe dabei. „Vielleicht brauchst du gar nicht mehr zu tun, vielleicht musst du es einfach anders tun", sagte sie schließlich nachdenklich. „Ich glaube, dass nur der wirklich helfen kann, der auch die Not, das Verletztsein, das Scheitern kennt. Alle anderen reden über etwas, das sie gar nicht kennen. Diejenigen, die am eigenen Leib erfahren haben, was es bedeutet, verletzt zu sein, nicht mehr weiter zu wissen – die reden anders darüber. Und sie helfen anders."

„Wie meinst du das, sie helfen anders?", fragte Norbert nach. Irgendwas an den Worten der Frau hatte sein Herz berührt.

„Manche Menschen meinen zu helfen, aber dabei geben sie lediglich von ihrem Überfluss ab. Sie geben das her, was sie nicht mehr brauchen, für das sie keine Verwendung haben – ein Zehn-Mark-Schein bei der Kollekte, die unmodern gewordenen Kleider für die Caritas, sie stellen sich zwar zur Verfügung, aber wollen als Gegenleistung dafür geliebt werden. Sie geben Brot, Kleider, Geld – aber sie schenken ohne Herz und ohne Liebe. Diejenigen aber, die selbst schon mal verletzt oder krank waren, die gescheitert sind oder nicht mehr weiter wussten, die haben erfahren, dass es auf das Herz ankommt bei dem, was man tut. Und das ist genau der Unterschied: Die einen geben das, was sie nicht mehr brauchen – und die anderen geben sich."

Norbert dachte lange nach – er hatte zwar immer seine Pflicht getan, aber sein Herz war oft nicht dabei gewesen. Und dann fiel ihm noch ein, wie er auf die Engel mit den lädierten Flügeln herabgesehen hatte.

„Ich glaube, ich habe heute Abend was Wichtiges gelernt!", sagte Norbert nachdenklich – und dann nahm er die Frau in den Arm – und hielt sie ganz lange fest.

Helmut Zöpfl

Lustige Weihnachtsmusikanten

Also, wenn man im Advent oder in der Weihnachtszeit den Fernseher einschaltet, kann man sehen und hören, was die Heilige Nacht tatsächlich alles hergibt. Das ist immer wieder ein Erlebnis.
Nehmen wir von mir aus die „Lustigen Musikanten". Da ist schon einmal die herrliche Kulisse. Ein Mords-Festsaal, fantastisch dekoriert mit allem, was die christlich-abendländische Kultur im Lauf ihrer zweitausend Jahre langen Geschichte alles entwickelt hat: bunte Kunststoffchristbäume, Plastikadventskränze und eine Unmenge Schaufensterpuppen, als Weihnachtsmänner gestylt. Wo man hinschaut, nichts als glitzernde Sterne, gegen die der Stern von Bethlehem vor Neid erblassen müsste. Dazu natürlich ein handverlesenes Superpublikum. Alle festlich gekleidet. Ein paar davon im Trachtenanzug oder Dirndlgewand aus der neuesten Kollektion. Und alle heut in einer echt tollen Stimmung. – Kunststück! An jedem Tisch liegen

Plätzchen und Lebkuchen vom Feinsten. Außerdem gibt's selbstverständlich einen würzigen Glühwein, der so richtig warm macht, dass alle in einer Art geistigem Konsens die rechte Grundstimmung für das Spirituelle einer solchen Sendung gleichsam eingeflößt bekommen.

Und dann diese Atmosphäre von christlicher Nächstenliebe! Auch wenn man einen wildfremden Tischnachbarn hat, fühlt man sich nach kurzer Zeit miteinander so innig verbunden, dass man sich dann bei dem Andachtsjodler, den die Anna und die Christine Finsterer als absoluten Höhepunkt singen, ohne alle Berührungsängste einfach beim Nachbarn oder der Nachbarin einhakt und mitschunkelt.

Aber so weit ist's ja noch gar nicht. Zuerst einmal freuen wir uns tierisch auf die jeweiligen Moderatoren. Ganz gleich, ob das der Herbert Obstler ist oder die Carla Semmele mit ihrem farbenprächtigen, stilechten, urigen Outfit. Ich hab mir fast alle Sendungen von dieser Art auf Video aufgezeichnet, und ich muss sagen: Respekt! Gerade die Frau Semmele ist in jeder von den, sagen wir einmal, fünfzig Weihnachtssendungen jedes Mal von Kopf bis Fuß total neu gestylt gewesen. Nie dasselbe Dirndl, nie dieselbe Frisur. An das sollte man auch einmal

denken und dem Designer und dem Hairdresser ein ehrliches, weihnachtliches Dankeschön sagen.
Aber dann erst die Texte und die Melodien, die da geboten werden: Kreativität in Vollendung! Da könnten sich die Erzengel, der Gabriel und der Michael und wie sie alle heißen, mit ihrem ganz prosaischen Sprücherl „Friede den Menschen auf Erden" ein Beispiel nehmen. Unsere Musikanten machen da schon was anderes draus. Und wenn ich dann an den Herbert Obstler denke. Was der aus dem Trailer „Sieh, ich verkündige euch eine große Freude" alles an witzigen, spritzigen Pointen rauszaubert!
Und jetzt kommt der riesige Auftrieb von Blasmusikanten und Blasmusikantinnen aus allen möglichen Bundesländern. Überhaupt, die ganze instrumentale Vielfalt von den einzelnen Kapellen: ein einziger Augen- und Ohrenschmaus! Dagegen saufen natürlich die dürftigen paar Flöten, wie sie damals die Hirten gehabt haben, richtig ab. Und auch die paar Schalmeien und Zimbeln von den Engeln sind in diesem Fall natürlich ein Dreck dagegen. Von der Kleidung wollen wir gar nicht erst reden: dieses dürftige Hirtendressing und die einfallslosen Hemden von den Engeln! Und dagegen die Farbenpracht von den Musikcorps. Da sind Welten dazwischen!
Aber das Beste sind, ich hab's ja schon gesagt, die

Liedertexte. Ich bin immer wieder erstaunt, zu wie viel zünftigen, stimmungsvollen Liedern man die Frohbotschaft mit den entsprechenden Arrangements aufmotzen oder sogar noch weiter expandieren kann. Und das mit den unterschiedlichsten Interpreten. Gleich, ob die jetzt das Christkindl mit einem „Herzilein, du muasst nicht traurig sein" wunderbar trösten, oder ob sie gleich ein paar hundert Mann Chor aufbieten, damit sie es aus dem Schlaf wieder aufwecken. Auf jeden Fall ist bei dem Ganzen schon mehr Inbrunst drin als in der nüchternen Verkündigung vom Gabriel.
So, und jetzt schaut euch einmal die Heiligen Drei Könige an. Mit einiger Sicherheit haben die nicht einmal einen Geburtstagsjodler draufgehabt und ihre Myrrhe mehr oder weniger wortlos überreicht. Denn wenn sie gesungen hatten, wären sie ja wohl als das „Heilige-Drei-König-Trio" oder als „Kaspar-Melchior-Balthasar-Terzett" in die Heilsgeschichte eingegangen.
So, jetzt zum Schluss eine Frage an die Kenner und Freunde von solchen Weihnachtssendungen:
Ganz ehrlich, glauben Sie nicht, man sollt sich einmal ernsthaft Gedanken drüber machen, ob man nicht mit Hilfe der entsprechenden modernen Mittel und Möglichkeiten die Geburt Christi sozusagen als Remake total neu und volkstümlicher inszenieren könnt?

Alfred Landmesser

Weit hinten im Tal

Weit hinten im Tal liegt ein kleines Dorf, dessen Name kaum jemand kennt. Dort aber ist die Welt noch immer nicht zu Ende, denn man kann noch eine Stunde weitergehen, und erst dann kommt man an das alte Haus, in dem der kleine Sven lebt, der gerade einmal fünf Jahre alt ist.

Es war wenige Tage vor Weihnachten, da wurde es plötzlich bitterkalt. Und dann schneite es. Tagelang. Schließlich lag so viel Schnee um das Haus, dass es dem Sven mit seinen kurzen Beinen kaum möglich war, ein paar Schritte voranzukommen. Und er hatte doch im Dorf dicke Walnüsse und ein lustiges Buch kaufen und beides seiner Mutter unter den Weihnachtsbaum legen wollen, denn der Vater hatte für längere Zeit verreisen müssen, und die Mutter war daher sehr traurig. Mit dem Buch hätten sie dann vielleicht wieder einmal miteinander lachen können. So wie sonst immer.

Nun aber stand er am Fenster, schaute hinaus ins

Schneetreiben und überlegte, wie er doch noch zu einem Geschenk kommen könnte. Schließlich zog er seine warmen Stiefel an und den dicken Mantel und machte sich auf den Weg zum nahen Wald. Warum er ausgerechnet zum Wald ging, hätte er gar nicht sagen können. Irgendetwas zog ihn dorthin. Als er dann erschöpft zu einem freien Platz kam, der umgeben war von hundert Tannen, die jetzt beladen waren mit frischem Schnee und die den Blick auf ihn von allen Seiten wie ein schützender Wall versperrten, lehnte er sich zunächst einmal an einen Baum und schloss die Augen. Er wollte nachdenken. Aber er träumte.

Er schaute auf und stellte fest, dass es nicht mehr schneite. Die Sonne strahlte auf die Tannen herab, es leuchtete und funkelte! Herrlich anzusehen! Doch seine Freude zog bald hinweg wie die Wolken, die eben noch über dem Wald gelegen hatten, denn ihm wurde klar, dieses Glitzern und Funkeln, das ihn umgab, wäre ein wunderschönes Geschenk für seine Mutter, aber mitnehmen, mitnehmen konnte er es ja nicht.

Dann bemerkte er ein Licht zwischen den Tannen, silbern und hell. Es war nur ein ganz kleines Licht, und es bewegte sich auf ihn zu. Das Licht wurde größer und größer, bis es nah bei ihm war. Und er erkannte einen Engel, so strahlend weiß, dass man ihn kaum vom glitzernden Schnee unterscheiden konnte. Und was da silbern leuchtete, so stark, dass es ihn fast blendete, war ein Schneeball. Der Engel nahm den Schneeball, legte ihn in seine kleinen Hände und sagte: „Sven, ich möchte dir das Leuchten mitgeben."

„Das Leuchten mitgeben?", fragte er erstaunt.

Der Engel lächelte aufmunternd, blieb einige Augenblicke stehen und entfernte sich dann wieder langsam im Leuchten des Schnees. „Nimm deiner Mutter doch etwas vom glitzernden Schnee mit", hörte er ihn noch rufen.

„Aber was soll ich denn mit einer Handvoll Schnee anfangen?", rief Sven enttäuscht zurück. Dann öffnete er die Augen, sah, dass seine Hände leer waren, und lächelte, er formte einen Schneeball und machte sich damit auf den Heimweg, wobei er ein wenig über sich selbst lachen musste. Daheim angekommen, legte er den Schneeball zunächst einmal auf einen Holzstapel hinter dem Haus. Es war ja kalt genug, auftauen konnte er dort nicht.

Dann, am Heiligabend, als die Kerzen angezündet waren und Sven und seine Mutter ein Weihnachtslied gesungen hatten, gab sie ihm einen Pullover. Der war so, wie er ihn sich gewünscht hatte, in

zehn verschiedenen Farben. Dann ging Sven hinaus, holte den Schneeball und legte ihn, wenn auch ganz verschämt, unter den Weihnachtsbaum.
„Das ist mein Weihnachtsgeschenk für dich", sagte er.
Seine Mutter sah ihn erstaunt an.
„Er ist aus dem Wald", verteidigte sich Sven, „aus glitzerndem Schnee ist er."
Seine Mutter sah ihn immer noch ganz eigenartig an, so eigenartig, dass er schon meinte, die Mutter sei nun böse auf ihn. Aber dann lachte sie plötzlich, sie lachte wie seit Monaten nicht mehr, fasste ihn unter den Armen und schleuderte ihn im Kreis und freute sich, als gelte es einen herrlichen Tag zu feiern. Aber es war ja auch einer.
„Schenkt mir doch mein Sohn zum Weihnachtsfest einen Schneeball!", lachte sie. „Einen Schneeball als Weihnachtsgeschenk in einem eingeschneiten Haus!"
Als die Mutter Sven wieder auf die Beine gestellt hatte, sahen sie, dass der Schneeball unter dem Weihnachtsbaum durch die Wärme der Kerzen geschmolzen war. Nur Wasser war übrig geblieben. Und die Tropfen funkelten strahlend hell wie hundert silberne Perlen.

Dino Buzzati

Zu viel Weihnachten

„Entsinnst du dich noch", fragte im Paradies der Tiere die Seele des Eselchens die Seele des Ochsen, „entsinnst du dich noch zufällig jener Nacht vor vielen Jahren, als wir in einer Art Hütte standen, und gerade dort in der Krippe ...?"
„Lass mich nachdenken! Ja richtig", bestätige der Ochse, „in der Krippe lag ein neugeborenes Kind. Wie hätte ich das vergessen können? Es war ein so schönes Kind."
„Seit damals, wenn ich nicht irre", sagte nun das Eselchen, „weißt du, wie viele Jahre seit damals vergangen sind?"
„Wo denkst du hin, ich mit meinem Ochsengedächtnis."
„Eintausendneunhundertsechzig."
„Was du nicht sagst!"
„Weißt du übrigens, wer das Kind gewesen ist?"
„Wie soll ich das wissen? Es waren doch Leute auf der Durchreise. Gewiss ein wunderschönes Kind-

lein. Merkwürdig, dass es mir nie aus dem Sinn gekommen ist, und dabei schienen seine Eltern doch ganz gewöhnliche Menschen. Sag mir, wer war es?"
Das Eselchen flüsterte etwas ins Ohr des Ochsen.
„Aber nein", sagte dieser verblüfft. „Wirklich? Du scherzt doch wohl nur?"
„Nein, es ist die reine Wahrheit. Ich schwöre ... übrigens hatte ich es schon damals sofort verstanden."
„Ich nicht, ich gebe es zu", sagte der Ochse, „aber du bist eben intelligenter als ich. Ich habe es nicht einmal geahnt. Obwohl es wirklich ein wunderschönes Kind war.
„Nun gut, seit damals feiern die Menschen jedes Jahr ein großes Fest zu seinem Geburtstag. Es gibt keinen schöneren Tag für sie. Wenn du sie nur sehen könntest. Es ist eine Zeit allgemeiner Heiterkeit, der Seelenruhe, der Sanftmut, des Friedens, der Familienfreuden, des Sichgernehabens. Selbst Mörder werden zahm wie Lämmer. Weihnacht nennen es die Menschen. Übrigens, mir kommt ein guter Gedanke. Da wir schon davon sprechen, soll ich sie dir zeigen?"
„Wen?"
„Die Menschen, die Weihnachten feiern."
„Wo?"

„Unten auf der Erde."
„Warst du schon einmal dort?"
„Jedes Jahr mache ich einen Sprung hinunter. Ich habe einen besonderen Passierschein. Aber ich denke, du wirst auch einen bekommen, denn nach allem könnten wir zwei wohl auch auf etwas Anerkennung Anspruch erheben."
„Weil wir das Kindlein damals mit unserem Atem wärmten?"
„Komm, beeile dich, wenn du nicht das Beste versäumen willst. Heute ist Heiliger Abend."
„Und mein Passierschein?"
„Sofort gemacht, ich habe einen Vetter im Passamt."
Der Passierschein wurde bewilligt. Sie setzten sich in Bewegung, und unendlich leicht, wie es körperlosen Säugetieren eigen ist, schwebten sie vom Himmel auf die Erde. Bald entdeckten sie ein Licht und hielten darauf zu. Aus einem wurden Tausende, es war eine riesenhafte Stadt.
Und da durchwanderten nun Eselchen und Ochse, unsichtbar, die Straßen des Zentrums. Da es sich um Geister handelte, fuhren Autobusse, Automobile, Straßenbahnwagen durch sie hindurch, ohne Schaden anzurichten, und selbst durch Mauern war es ihnen gegeben zu gehen, als ob sie Luft wären. So

vermochten sie alles nach Herzenslust zu betrachten. Es war wirklich ein eindrucksvolles Schauspiel: Tausende von Lichtern in den Schaufenstern, Blumengewinde, Girlanden, unzählige Tannenbäume; die ungeheure Stauung der Wagen, die sich abmühten, durch enge Straßen zu fahren, und das wirblige Gewimmel und Hin und Her der Menschen, die sich in den Läden drängten, hinein- und wieder herausströmten, sich mit Paketen und Paketchen beluden und alle gespannte Gesichter hatten, als würden sie gejagt. Das Eselchen schien bei diesem Anblick wie verzückt, während der Ochse sich voller Entsetzen umsah.

„Höre, Freund Eselchen, du hast mir gesagt, dass du mir Weihnachten zeigen wolltest! Du hast dich wohl geirrt. Ich sage dir, hier ist doch Krieg!"

„Siehst du denn nicht, wie zufrieden alle sind?"

„Zufrieden? Mir kommen sie wie Wahnsinnige vor. Sieh doch auf ihre besessenen Gesichter, ihre fiebrigen Augen."

„Du bist eben ein Provinzler, mein lieber Ochse, und du bist nie aus dem Paradies herausgekommen. Du verstehst die modernen Menschen nicht. Um sich zu unterhalten, um sich zu freuen, um sich glücklich zu fühlen, haben sie es nötig, ihre Nerven zu ruinieren."

Laufburschen auf Fahrrädern, die gefährlich große

Paketbündel balancierten, zogen vorbei; Lieferwagen wurden be- und entladen; riesige Mengen von Süßigkeiten und Berge von Blumen lösten sich unter dem Ansturm keuchender Menschen auf; Lampen blitzten und verloschen; seltsame Lieder, die Schreien ähnelten, dröhnten von allen Seiten. Dank seiner körperlosen Natur flog der Ochse neugierig zu einem Fenster im siebten Stock hinauf. Das Eselchen folgte gutmütig.

Sie sahen in ein reich möbliertes Zimmer, wo eine sorgenvolle Dame vor einem Tisch saß. Linker Hand lag ein Haufen von fast einem halben Meter farbiger Karten und Kärtchen aufgebaut und rechts von ihr ein Stoß weißer Billetts. Die Dame, sichtlich bemüht, keine Minute zu verlieren, nahm hastig ein farbiges Kärtchen, betrachtete es einen Augenblick lang, sah in einem dicken Buch nach und schrieb sodann etwas auf eines der weißen Billetts, steckte es in einen Umschlag, schloss den Umschlag, dann nahm sie vom linken Stoß ein neues buntes Kärtchen und wiederholte die ganze Prozedur. Ihre Hände bewegten sich so schnell, dass man ihnen kaum folgen konnte. Aber der Haufen bunter Kärtchen hatte einen eindrucksvollen Umfang. Wie lange würde sie wohl brauchen, um alles zu erledigen? Man sah es der Unglücklichen an, dass sie fast nicht mehr konnte, und dabei war sie erst am Anfang.

„Hoffentlich bezahlen sie sie wenigstens gut für solche Schufterei", sagte der Ochse.

„Bist du naiv, lieber Freund! Das ist eine außerordentlich reiche Dame aus der besten Gesellschaft."

„Und warum arbeitet sie sich dann zu Tode?"

„Sie arbeitet sich gar nicht zu Tode, sie antwortet nur auf Glückwunschkarten."

„Glückwunschkarten? Was nützen die?"

„Nichts, absolut nichts. Aber wer weiß warum, die Leute haben jetzt eine besondere Vorliebe dafür."

Sie sahen in ein anderes Zimmer hinein. Auch da saßen Leute mit Schweißperlen auf der Stirn und in Aufregung und schrieben Glückwünsche auf Glückwunschkarten. Überall, wo die beiden Tiere hineinschauten, richteten Männer und Frauen Päckchen, schrieben Adressen, liefen ans Telefon, eilten blitzschnell von einem Zimmer ins andere, Schnüre, Bänder, Kärtchen, Gehänge tragend, während junge Dienstboten mit von Müdigkeit gezeichneten Gesichtern weitere Päckchen, weitere Schachteln, weitere Blumen und neue Stöße von Briefen, Rollen, Kärtchen und Bogen herbeischleppten. Und alles war Hast, Aufregung, Verwirrung, Mühe und eine schreckliche Anstrengung.

Überall wo sie hinkamen, zeigte sich ihnen dasselbe Schauspiel. Kommen und Gehen, Kaufen oder Verpacken, Absenden oder Empfangen, Einwickeln, Auswickeln, Rufen und Antworten. Und alle blickten immer nach der Uhr, alle hasteten, alle keuchten von Furcht besessen, nicht zur Zeit fertig zu werden, jemand brach zusammen, schnappte nach Luft unter der immer größer werdenden Last der Pakete, Päckchen, Kärtchen, Kalender, Geschenke, Telegramme, Briefe, Karten, Billetts und so weiter.

„Du hast mir doch gesagt", bemerkte der Ochse, dass es ein Fest der Heiterkeit, des Friedens und der Seelenruhe sei."

„Tja", antwortete das Eselchen –, „einmal war es auch so. Aber was soll ich dir sagen, seit einigen Jahren scheinen die Menschen beim Nahen des Weihnachtsfestes wie von einer geheimnisvollen Tarantel gestochen und verstehen rein gar nichts mehr. Hör ihnen doch zu."

Verwundert hörte der Ochse hin. In den Straßen, den Geschäften, den Büros, den Fabriken sprachen die Menschen schnell miteinander und wechselten, wie Automaten, monotone Redensarten: „Fröhliche Weihnachten" – „Gesegnete Weihnachten" – „Danke, auch Ihnen" – „Fröhliche Weihnachten" –

„Gesegnete Weihnachten" – „Danke" – „Fröhliche Weihnachten" – „Fröhliche Weihnachten" ... Es war ein Geflüster, das die ganze Stadt erfüllte.
„Glauben sie denn daran?", fragte der Ochse, „Meinen sie es wirklich so? Lieben sie ihren Nächsten?"
Das Eselchen schwieg.
„Wollen wir nicht etwas abseits gehen?", schlug der Ochse vor, „der Kopf brummt mir, und ich habe Sehnsucht nach dem, was du Weihnachtsstimmung nennst."
„Im Grunde auch ich", gab das Eselchen zu.
So schlüpften sie durch die wirbelnden Schleusen der Wagen, entfernten sich ein wenig vom Zentrum, von den Lichtern, dem Lärm, der Raserei.
„Du, der mehr davon versteht als ich", begann der Ochse, immer noch wenig überzeugt, „sag mir doch, bist du wirklich sicher, dass das dort keine Verrückten sind?"
„Nein, nein, es ist eben einfach Weihnachten."
„Dann ist dort zu viel Weihnachten. Erinnerst du dich noch damals in Bethlehem an die Hütte, die Hirten und das schöne Kind? Auch dort war es kalt, aber welcher Frieden, welche Zufriedenheit. Wie anders war es damals."
„Ja, und die fernen Klänge des Dudelsacks, die man nur ganz leise hörte."

„Und das sanfte Flügelschlagen auf dem Dach. Was für Vögel das wohl waren?"
„Vögel? Aber nein doch, Engel waren es."
„Und die drei reichen Herren, die Geschenke brachten, entsinnst du dich noch ihrer? Wie wohlerzogen sie waren, wie leise sie zusammen sprachen, welch vornehme Leute. Könntest du dir sie heute in diesem Rummel vorstellen?"
„Und der Stern? Denkst du noch an den hellen Stern, der damals gerade über der Hütte stand? Ob es ihn wohl heute noch gibt? Sterne haben doch meist ein langes Leben."
„Ich fürchte nein", sagte der Ochse skeptisch, „es sieht so wenig nach Sternen hier aus."
Sie hoben ihre Köpfe, und wirklich, man sah nichts. Über der Stadt lag eine Decke dichten Nebels.

Rudolf Hagelstange

Der Traum des Balthasar

„Balthasar!“, rief es. „Balthasar, steh auf!“ Balthasar rieb sich die Augen und sah den Engel, einen großen, schlanken, weißhaarigen Engel, so, wie ihn alle kennen. Kennen sie ihn alle? Wer von den Lebenden sah schon einen Engel? Balthasar sah ihn und wurde grau im Gesicht. Er zitterte.

„Fürchte dich nicht“, sagte der Engel freundlich. Fast immer sagen die Engel: „Fürchte dich nicht.“ Aber hat es einer der Lebenden schon mit eigenen Ohren vernommen? Balthasar hörte es, und ein ungläubiges Lächeln ließ ihn die runde Lippe lüften.

„Du hast schöne Zähne“, sagte der Engel anerkennend und nickte ernst. Balthasar enthüllte sie ganz. Er freute sich wie ein Mädchen. „Ich habe einen Auftrag für dich“, fuhr der Engel fort. „Steh schnell auf.“ Balthasar warf die braune Wolldecke ab und erhob sich.

Der Engel betrachtete ihn. „Du bist groß und stark. Dein Haar ist dicht und kraus, deine Hände – zeig sie.

Ja, sie sind gut. Du musst noch die Nägel reinigen. Dann sind sie schön. Aber nun komm. Wir haben keine Zeit zu verlieren."
„Meinen Mantel ..." – „Du brauchst ihn nicht." Der Engel ergriff ihn am Arm und schob ihn durch den schmalen Gang, der zwischen den rechts und links und übereinander aufgestellten Betten zum Ausgang führte. „Ich muss noch zwanzig Cent für die Nacht zahlen", blieb Balthasar draußen plötzlich stehen. „Und die Nudeln von gestern Abend ..." Aber noch ehe er in seine Tasche langen konnte, war er schon emporgehoben und flog mit dem Engel davon.
Wahrhaftig, er flog. Manchmal war er – im Traume – von einer hohen Treppe gesprungen, war mit Armen und Beinen durch die Luft gerudert und immer um ein Geringes über den Stufen geblieben, bis er schließlich mit dem sanften Aufsprung einer Katze unten gelandet war. Kein Flug über den Ozean konnte so entzücken wie diese ehrlich geflogenen dreißig oder vierzig Meter. Denn es war Lüge: Die Menschen selbst können nicht fliegen. Kein Mensch war je so geflogen, wie jetzt Balthasar flog.
Freilich, der Engel half dabei. Er hatte ihn an der Hand gefasst. Aber Balthasar spürte da weder Druck noch Zug. – Ob ich ihn loslassen kann?

dachte er eine Sekunde lang. Aber da sah er unter sich die dunkle Erde und verbannte einen Gedanken.

Es ging auch schon erdwärts, er spürte es genau. Dieses Gefühl kannte er aus seinen Träumen. Wie gut, dass er es kannte. Er würde nicht straucheln beim Niedergehen.

„Folge mir“, sprach der Engel und ging voraus, ein kurzes Stück Kiesweges, wie sie durch die Gärten der Reichen laufen, dann ein paar Stufen hinan und durch ein Portal, das sich lautlos auftat und wieder schloss. Balthasar sah sich in einem großen Saal. Aber der Saal war leer. Nein – da saßen zwei Männer in einer Ecke, Männer? Ah, große Herren, Fürsten oder Präsidenten oder Könige gar. Er stand und staunte.

„Balthasar“, rief der Engel streng. Er war schon um etliche Schritte voraus, und Balthasar beeilte sich, ihn wieder einzuholen. Die beiden Männer in der Ecke erhoben und neigten sich einmal gegen den Engel, das andere Mal – gegen ihn. Balthasar war verlegen und machte eine Verbeugung.

„Nimm das!“, sagte der Engel und wies auf einen Sessel, über den ein weißes langes Hemd gebreitet war, das seidig glänzte. Darunter lugte ein roter, bestickter Mantel hervor.

Balthasar sah den Engel mit krauser Stirn an. „Warum quälst du mich?", fragte er leise.
Der Engel sah ihm in die Augen und lächelte freundlich. Er sagte nichts. Aber sein Blick fiel so gütig auf ihn, dass er plötzlich in der Mittagssonne zu stehen vermeinte. Darum wurde ihm wohlig warm, das wollene Trikot kratzte auf einmal auf der Haut. Er streifte es über den Kopf und ging auf den Sessel zu, nicht ohne noch einmal ungläubig den Engel anzusehen. Der nickte. Da warf er das weiße Hemd über sich, das wie ein Meerwind seine dunkle Haut berührte, knüpfte die rote Kordel um den Leib, zog die schönen Sandalen an und legte den Mantel um die muskelprangenden Schultern. Dann wandte er sich langsam zu den anderen. Er sah, dass sie sich verneigten, da verneigte auch er sich tief und fühlte, wie ihm eine dicke Träne auf seine große Zehe fiel.
Als er wieder aufsah, war das Portal geöffnet. Draußen hörte man Pferde schnauben und Zaumzeug leise klirren. Sie schritten zum Ausgang, und sahen, dass sie erwartet wurden.
„König Kaspar", rief der Engel und schob den einen der beiden Könige sanft hinaus. Ein Gruppe löste sich aus der Menge und empfing ihn mit gekreuzten Armen und auf und nieder pendelnden

Rücken. Sie führten ihm ein feurig tänzelndes Pferd zu.
„König Melchior“, rief der Engel, und Balthasars Nebenmann trat hinaus. Eine kleine Karawane mit käuenden Kamelen und Dromedaren bewegte sich ihm entgegen. Alles ging ganz leise und feierlich zu. Der Mond verbreitete eine geisterhafte Helle. Wo war er? Aber Balthasar, der einen Blick zum Himmel wagte, sah ihn nicht. Er sah nur einen großen, hellen Stern – wohl den Morgenstern – am Himmel stehen. Wenn man ihn genauer ansah … „König Balthasar“, ertönte die Stimme des Engels.
Balthasar erschrak. Vielleicht vor seinem eigenen Namen, vielleicht vor dem Missbrauch, den sein Taufname angesichts eines gleichnamigen Königs bedeutete, vielleicht, weil er die Hand des Engels plötzlich an seinem Arm spürte. Er zuckte zusammen und duckte sich, als ob es Schläge setzen sollte, denn der Engel hob jetzt seine Hände gegen ihn. Aber da sah er in ihnen einen dunkelleuchtenden, schmalen Reif, der einen blitzenden Stern trug.
„Komm“, sagte der Engel und legte den Reif auf sein wolliges Haar. „Zieh mit den anderen, immer dem Stern nach. Ihr könnt den Weg nicht ver-

fehlen." Dann winkte er einer dritten Gruppe und schob Balthasar sanft hinaus.
Guter Gott, dachte dieser und begann zu zittern. Er blieb auf der Treppe stehen und ließ die Leute herankommen. Sie trugen Turbane und hohe weiße Mützen. So, wie die Köche sie zu tragen pflegen. Ein riesiger Bursche mit so einer Mütze ging an ihrer Spitze. Kannte er ihn nicht? Balthasar erstarrte. War das nicht der Koch, der ihn gestern etliche schmerzliche Male mit dem großen Löffel über den Kopf geschlagen hatte, weil er ein Stückchen Leber in die Backe geschoben hatte?
Balthasar sah, dass er den Löffel nicht bei sich trug, und wurde ruhiger. Jetzt trat der Kerl an die unterste Stufe, machte eine Verbeugung und sagte höflich: „Komm, King."
Ein Windstoß bauschte den roten Mantel und erinnerte Balthasar an sein kostbares Gewand. Er fuhr, wie um seine Schläfe zu reiben, mit der Linken an den Kopf und tastete dabei listig mit dem kleinen Finger, ob der Kronreif noch da sei. Er war da.
„König Balthasar, eile dich", rief da von hinten der Engel. Und Balthasar beschloss zu glauben, dass er träume, raffte Hemd und Mantel und schritt durch die kurze Gasse seiner Begleiter. Im Vorübergehen

sah er noch Jim, den Hafenarbeiter, und Jesse, den Barbier, und wollte ihnen zunicken. Aber sie schienen ihn nicht zu erkennen. Er stieg in den Sattel, den ein mächtiges Kamel trug, schwankte fürchterlich einmal nach rückwärts, sah die andern sich in Bewegung setzen und trieb auf den Wellen eines rätselhaften Glückes in der Kabine des Wüstenschiffes dahin. – Meine alte Mutter müsste das sehen, dachte er. Und der gallige Lehrer, der mir oft Tatzen zuteilte. Und die sanfte, junge Helen. Und der patzige Byrd, dem ich neulich den Wagen nicht gut genug wusch. Und der und der und die und die. Balthasar wusste so viele, die es hätten mit ansehen müssen. Er war mit den dreien nicht zufrieden, die er hier angetroffen hatte. Sie hatten ihn nicht erkannt. Warum?

Er sah an sich herab. Bin ich's denn? Er hob das seidene Hemd, denn ihm fiel seine alte, ausgefranste Hose ein. Da war sie. Er schlug sie zwei-, dreimal nach oben um, bis fast an die Kniekehle. Wo mochte die seltsame Reise hingehen? Er sah hinaus nach seinen Begleitern. Sofort trieb einer sein Reittier neben ihn und reichte ihm respektvoll eine Flasche. Balthasar nahm einen feurigen Schluck und gab die Flasche zurück. – Du hättest sie behalten sollen, dachte er sogleich.

Nun, er konnte bald wieder danach fragen. Der Begleiter war wieder zurückgeblieben, und Balthasar fiel ein, dass er vergessen hatte zu fragen, wohin es gehe. Ob nicht eine Tafel, ein Kilometerstein kommen würde, der Aufschluss gäbe? Er nahm sich vor, besser achtzugeben.

Inzwischen schien die Sonne aufgegangen zu sein, so hell war es. Aber Balthasar irrte. Es war der Stern, dem sie folgten, er sah es erstaunt. So einen Stern hatte er nie gesehen. Tief und strahlend schien er in der Luft vor ihnen her zu schweben, bald zum Greifen nah, wie eine Bogenlampe.

Plötzlich stand sein Kamel. Alle vor ihm standen. Balthasar blickte sich um, aber da war schon der Begleiter von vorher neben ihm. Auf seinen Zuruf ging das Kamel in die Knie, und Balthasar – was blieb ihm übrig! – verließ den Sattel.

Da stand er nun. Wo war der Engel? Balthasar schaute verzweifelt um sich, aber er konnte ihn nicht entdecken. Immerhin schien der Mann mit der Flasche zu wissen, was zu tun sei. Er brachte gerade ein silberbeschlagenes Kästchen herbei, sagte ernst: „Komm, King“, und bahnte ihm eine Gasse durch die Haltenden. Balthasar folgte ihm wie ein Lamm.

Da sah er die beiden Könige beisammenstehen, und

ein Stein fiel ihm vom Herzen. Sie schienen schon auf ihn zu warten. Er trat freudig bewegt zu ihnen und verneigte sich würdig. Sie taten ihm Bescheid. Und dann geschah es. Plötzlich sah er das große Straßenschild und den Namen, den es trug. Er sah das alte Haus mit dem offenen Stall, sah den Stern darüber schweben, den Ochsen, den Esel, den Hirten, den Mann, den Engel, die Jungfrau und die Krippe und – er fuhr sich sofort an den Mund – stieß einen leichten Schrei aus.

Nichts begriff er, nichts, nur das eine, dass er, Balthasar Tolen, neununddreißig Jahre alt, Gelegenheitsarbeiter und Junggeselle, erleben durfte, was keiner der jetzt Lebenden erleben konnte: dabei zu sein, wenn das Licht der Welt, die Geburt des göttlichen Kindes, des Erlösers, für alle gefeiert wurde. Eine ungeheure Erregung befiel ihn. „Kommt", sagte er ungebührlich laut. „Kommt, kommt, gute Könige." Er schob seinen Begleiter, der ihm das Kästchen überreichen wollte, unsanft beiseite, raffte seinen Mantel und drängte hastig voran. Erst vor der Tür verlangsamte er etwas den stürmischen Schritt und entsann sich, dass er die andern wohl abwarten müsse. Aber da sah er das Kind, ein weißes, lächelndes Bübchen, das auf dem Schoß der Mutter saß, die genau den himmelblauen Mantel trug, den man von

Heiligenbildern her kannte. Ja, von den Bildchen. Aber sah ihn jemand schon so, dass er ihn berühren konnte? Niemand – außer Balthasar.
Balthasar kniete schon. Da darf man doch weinen. So glücklich war er wie nie ein Mensch. Und gleich darauf so todunglücklich und betrübt wie niemand vor ihm. Du guter und allwissender Gott! Er hatte das Kästchen vergessen. Was mochte darin sein? Wo war es? Er blickte sich um. Die beiden Könige standen hinter ihm. Jeder hatte seine Gabe. Engel standen um die Heilige Familie – auch der seine war dabei –, Blumen in der Hand und grüne Zweige. Und er, Balthasar – o Schande! Er hatte nichts, nichts, nichts. Hatte er denn nichts? Da. Er griff in sein Haar und nahm den Reif aus dem schwarzen Pelz und reichte ihn dem Kinde. Wie das sich freute! Und da sah er den Mann und die Jungfrau. Er sah sie und riss seinen Mantel von der Schulter und löste die Sandalen – eine Schnalle riss, was tat's –, er warf beides dem Manne zu. Und die Jungfrau? Da war noch das seidene Hemd. Er streifte es über den Kopf und legte es über ihre Knie. Glänzend wie nasses Ebenholz, barfuß, groß und muskelbebend stand er da. Und das Gebiss blitzte sein Glück. War er zu weit gegangen?
„Balthasar", rief es streng. „Lümmel, Tagedieb!"

Ihm wurde schwarz vor den Augen. Er taumelte. Die Erde schwankte. Ich sterbe, dachte er noch. Dann war es aus.

„Willst du wohl aufstehen, du Faulpelz", herrschte ihn der Wärter an. „Nicht wachzukriegen ist der Bursche", und er schlug ihn mit der flachen Hand gegen die Brust.

„Trolle dich. Die Glocken läuten. Willst du nicht einmal heute deine Christenpflicht erfüllen, wo unser Heiland Geburtstag hat?"

Balthasar richtete sich auf. Er griff ins Haar. Der Reif war fort. Richtig, er hatte ihn verschenkt. Er streifte die braune Wolldecke ab, zahlte seine Schuld und ging.

Er ging zwei Straßen weiter, dorthin, wo Jesse seinen kleinen Barbierladen hatte. Da saßen sie schon wie die Hühner auf der Stange und warteten auf das Messer, das ihr stoppeliges Kinn glätten sollte. Hier konnte man Schaum schlagen, die Kunden einseifen, Geld verdienen.

Ob Jesse ihn erkannt hatte? Er lachte ihm zu und zwinkerte mit den Augen. Aber Jesse sagte trocken: „Heut kannst du arbeiten." Ach, er hatte ihn nicht erkannt.

Balthasar lächelte in sich hinein. „Komm, King", ermunterte er sich, nahm Seife und Wasser und

schlug kräftig Schaum. Manchmal schloss er die Augen und erinnerte sich an den schönen Engel, den Flug, den hellen Saal, die bei den Könige, das Lächeln der Jungfrau, die Freude des Kindes. Er regte sich fleißig. Und die Seife flockte so gut heute.
Schaum und Traum, dachte er lächelnd. Traum und Schaum ...

Theodor Leonhard

So war das mit den Engeln

Streit war ausgebrochen unter den Engeln. Die besten Sänger hatte ihr Herr zu einem Chor zusammengestellt. Mit feierlicher, fast erregter Stimme hatte er sie mit einem besonderen Auftrag versehen. Sie sollten, weit fort, bei der Geburt des Sohnes ihres Herrn singen.

Auf dem Weg dorthin war nun Streit unter ihnen ausgebrochen. Zwei kleine Engelchen, auf der untersten Stufe der Engelhierarchie, behaupteten, der Herr hätte ihnen aufgetragen, sie sollten bei diesem Ereignis einen anderen Text singen. Bisher pflegten sie immer in den verschiedensten Variationen denselben Text zu singen: „Ehre sei Gott in der Höhe." Und es war wirklich beeindruckend, ihnen zuzuhören, was sie aus diesem Text mit ihren Instrumenten und mit ihren Stimmen alles herausholten.

Aber nun war ein Streit unter ihnen ausgebrochen. Jene zwei schon erwähnten Engelchen, das eine

mit krummen Beinen, das andere mit weit abstehenden Flügeln, behaupteten, der Herr hätte ihnen dieses Mal einen anderen Text aufgetragen. Einige der anderen Engel waren unsicher. Seltsam war es schon, wie der Herr zu ihnen gesprochen hatte. Aber der hatte manches Mal seine unberechenbaren Launen. Besonders auffällig war in der letzten Zeit seine offenkundige Sympathie für die Menschen auf der Erde. Das führte schon seit einiger Zeit zu seltsamen Entschlüssen ihres Herrn.
Der Höhepunkt dieser Sympathie für die Menschen war, dass der Herr ausgerechnet bei diesen Menschen seinen Sohn geboren werden ließ. Völlig unverständlich für die Engel. So musste wenigstens gerettet werden, was noch zu retten war, dachte sich der Erzengel und Obersänger. Das unverständliche Ereignis musste wenigstens mit himmlischer Sphärenmusik feierlich umrahmt werden. Die Menschen sollten bei dieser Geburt wissen, dass sie es mit dem Herrn und nicht mit einem ihresgleichen zu tun hatten. Der Erzengel und seine treuen Diener wussten, was sie ihrem Herrn schuldig waren.
Nur diese zwei Engelchen machten Schwierigkeiten und brachten Unruhe unter die Engelschar. Sie behaupteten, der Herr hätte ihnen einen neuen Text aufgetragen. Sie sollten nicht mehr singen: „Ehre

sei Gott in der Höhe", sondern: „Ehre sei Gott in der Tiefe". So unrecht hatten sie ja gar nicht. Der Erzengel hatte es ja auch gehört. Aber das ging nun wirklich über seine himmlische Hutschnur. Das konnte nicht wahr sein, dass Engel plötzlich nicht mehr die himmlische Höhe, sondern die irdische Tiefe besingen sollten. So weit konnte auch ein Engel nicht den Launen seines Herrn folgen.

Und außerdem waren es ja zwei Engelchen ganz unten in der Hierarchie, die so stur auf den neuen Text des Herrn beharrten. Die wollen sich doch nur wichtig machen und sich in den Augen des Herrn hervortun. Man kannte sie ja, diese Unruhestifter, die immer etwas Neues wollten. Mit einem scharfen, fast drohenden Blick beendete der Erzengel den ausgebrochenen Streit. Er ermahnte die beiden Aufsässigen, sie sollten sich an das Gewohnte halten, ansonsten sei ihre himmlische Karriere beendet, bevor sie richtig begonnen habe.

Von weitem sahen sie die hell erleuchtete Stadt Jerusalem. Aber der Stern, der ihnen als Wegweiser mitgegeben war, zeigte ihnen deutlich, dass ihr Weg weiterführte auf ein Hirtenfeld nahe bei dem fast unbekannten Provinznest Bethlehem. So richtige Stimmung wollte bei den Engeln in dieser Umgebung gar nicht aufkommen. Vor ein paar erschrockenen Hirten hatten sie noch nie Musik gemacht. Nur zwei kleine Engelchen fielen den Hirten besonders auf, das eine mit den krummen Beinen, das andere mit abstehenden Flügeln. Sie sangen besonders fröhlich und hüpften lustig auf dem Feld herum.

Und als der mit den krummen Beinen ganz nah an einem Hirten vorbeikam, flüsterte er ihm leise ins Ohr, so dass es der Erzengel nicht hören konnte: „Ehre sei Gott in der Tiefe". Da wurde der erschrockene Hirte ganz froh, und später erzählte er es seinen Freunden und die wurden auch froh, und der neue Text des himmlischen Herrn hatte sich bald herumgesprochen.

Johannes Kuhn

Vom Christkind, das die Tore aufschließt

Es war an einem Dezemberabend tief drin in den Bergen, dort, wo noch Wälder und Menschen einander zuraunen, als es langsam zu schneien begann. Die Schneeflocken wirbelten und tollten, als freuten sie sich, zur Erde hinabzukommen. Ganz behutsam deckten sie die kahlen Felder zu, hüllten die Bäume ein, dass man meinte, eine Zauberhand habe sie berührt, so schön waren sie anzusehen. Einige von diesen Schneeflocken senkten sich auch auf das Dörfchen, das da im Tal sich unter dem Schatten eines Berges barg. Am Ende der Häuserreihe stand gegen den Hang zu ein einzelnes Haus. Es war schon richtig mit einer weißen Haube übergleitet, so dass es aussah wie eine alte Matrone. Das dachten auch die beiden Kinder, die eben die Dorfstraße entlangkamen und sich fest bei den Händen hielten.

„Mutter wird sich ja freuen, wenn wir jetzt schon

kommen. Was wird sie für große Augen machen, wenn wir ihr von der Adventsfeier erzählen?! Du, Frieder, ob's wohl solche Engel wirklich gibt? Ach könnte ich doch nur einmal einen einzigen sehen", sagte Liesel, die kleinere. So betraten sie das Häuschen, und bald saßen sie mit feuerroten Wangen am Kamin, Mutter mitten zwischen ihnen. Mit strahlenden glücklichen Augen erzählten sie.
„Jetzt fehlt nur noch Vater, das wär' fein, gell Mutti? Ich wär' gern einmal ein Engel, nur ein paar Minuten lang. Da könnte ich Vater sehen, dort in dem so weit entfernten Lager. Und ich würde euch ganz gewiss viel davon erzählen. Mutti, wie weit ist Russland? Ist es weiter als die große Stadt, von der du uns manchmal berichtest?"
„Ja, Lieschen, viel weiter." Und müde erhob sie sich und ging zum Fenster, schaute lange hinaus in die klare kalte Winternacht und ein paar Tränen kullerten ihr über die Wangen.
„Mutter, warum weinst du denn?"
„Ach, mein Bub, Mutter hat so viel Sehnsucht."
„Aber du hast ja uns, bitte, bitte, liebe Mutter, wein' nicht mehr."
„Ja; wir wollen auch ganz brav sein."
Und die Mutter wandte sich ihnen wieder zu:
„Kommt, Kinder, lasst uns singen."

„Wie heißt denn das eine Lied, das mit den Gefangenen, weißt du?“ So sangen sie zusammen das Lied, von dem ein Vers hieß:

„Der Stern über'm Kripplein
zum Kind hinweist,
das allen Gefangenen die Türen aufschleußt.
Und willst du,
dass heute noch dies soll gescheh'n,
so musst du noch heute zum
Kindlein hingeh'n.“

„Jetzt aber ins Bett, ihr zwei!“
Und bald lagen beide in tiefem Schlaf. Nur die Liesel sprach noch manchmal ganz leise:
„Noch heute zum Kindlein hingeh'n.“
Die Mutter aber ging in die Wohnstube zurück, dort kam die ganze Traurigkeit über sie und sie konnte nicht anders, als dass sie im Gebet sich alle ihre Sorgen vom Herzen sprach. Frieder und Liesel waren wieder wach geworden und schauten nach dem offenen Türspalt.
„Du, Frieder, lass uns mal sehen, was Mutter da macht.“
So gingen sie ganz leise zur Tür und bekamen alles mit, was die Mutter da betete. Dann nahm Liesel

den Frieder bei der Hand: „Komm, wenn das Kind die Gefangenentore aufmachen kann, wollen wir doch zu ihm gehen, wollen es suchen und ihm sagen, wie unsere Mutter sich grämt. Und wenn wir recht bitten, dürfen wir unseren Vater vielleicht mitnehmen."

Und der Frieder, der ging mit. Sie wanderten zur Hintertür hinaus, nachdem sie ihre Jacken und Mützen und Schuhe angezogen und abgewartet hatten, dass die Mutter schlafen gegangenen war. Mutig tapsten sie durch den Schnee. Und die kleine Liesel hielt tapfer mit.

„Zuerst dort mal in den Wald", sagte sie, „dort geht's doch zur großen Stadt und dann weiter." Und so gingen sie unter den Tannen dahin, still war es im Wald und sie hielten sich beide fest an den Händen, ein bisschen Angst hatten sie auch. Mitternacht war's, verhalten klangen die zwölf Schläge durch die Stille vom nahen Dorf. Fast war's, als würde der Schnee ihren Schall dämpfen. So fern weitab schien es den beiden. Liesel war müde geworden und lehnte sich an Frieder an. „Du, Frieder, es ist aber sehr weit. Komm wir ruhen uns ein bisschen aus, dann gehen wir weiter."

So suchten sie Schutz unter den weit ausgebreiteten Ästen einer Tanne. Bald schliefen sie ein – eng

aneinander gekuschelt. Und es war fast so, als ob die Tanne den Wind um ein Schlaflied bat. So zog ein feines Klingen durch den Wald.
Plötzlich wachte Frieder auf. „Liesel, wo sind wir denn hier?"
„Ach, Frieder, ich hab' so schön geträumt vom Engel und von Vati und Mutti und von einem Blümlein mitten im Schnee, das strahlte wundersam und hatte ein rosa Kleid um."
Sie machte die Augen auf und erschrak. Immer noch war es Nacht, langsam lösten sich ein paar Tränen und tropften in den Schnee. Da plötzlich wurde es um sie hell und heller, ein ganz milder Glanz verbreitete sich und dort, wo ihre Tränen hingefallen waren, spross ein Blümlein aus dem tiefen Schnee vor ihnen auf.
Liesel fasste danach: „Genau das gleiche wie im Traum." Und sie bückte sich, nahm es in ihre kleinen Hände und hob es auf. Doch als sie es anfasste, war irgendwie ein großes Klingen und Singen in der Luft, und sie fasste Frieders Hand. Beide hörten nun, wie da ein paar Bäume miteinander redeten, und dort verriet eine Wurzel einem Eichhörnchen, wo es noch ein paar Bucheckern gab.
Dann standen beide auf. Als sie sich unter den Zweigen bücken wollten, gingen die Zweige vor

ihnen auseinander. Und als sie mit großen Augen weiter durch den Wald gingen, neigten die hohen Tannen ihre Wipfel nach ihnen hin, und es ging ein Flüstern und Raunen durch den ganzen Wald.

Als sich Frieder einmal schnell umwandte, fuhr er zusammen: „Liesel, schau doch, da ziehen wenige Schritte hinter uns Rehe und Hasen, Füchse und Muffelwild, und auch ein paar Gemsen sind dabei. Ein junges Reh kommt ganz nah und schaut mit seinen sanften klugen Augen in den warmen Glanz des Blümleins."

Da gingen sie langsam weiter und kamen an eine steile Felswand. Hilflos irrten ihre Augen umher und suchten einen Ausweg. Da, als Liesel zufällig mit der Blume in den Händen an den Stein stieß, öffnete sich die Wand, ein langer Gang tat sich auf, und es kam aus ihm so ein mildes Licht wie das ihres Blümleins. Immer tiefer in den Berg hinein führte sie der Gang. Plötzlich weitete er sich und eine große Halle lag vor ihnen, in der ein besonderer Duft ihnen entgegenkam.

„Frieder, riech doch einmal, wie lauter Vanille", und verstohlen leckte sie ein bisschen und sagte: „Schau, lauter Zucker."

Frieder aber zog sie weiter mit sich, und nach einiger Zeit schlug ihnen eine Duftwelle entgegen,

die sie schneller laufen ließ. Und plötzlich standen sie inmitten eines großen Raumes, ganz braun anzusehen, mit hellen Streifen durchzogen. Die eine Seite war ganz mit kleinen Nüssen bespickt. Frieder fuhr mit dem Fingernagel entlang und leckte Schokolade.
„Du, Liesel, lauter Schokolade. Und hier das Helle ist Nougat."
Und sie schleckten nach Herzenslust. Jetzt erst bemerkten sie an der Seite ein Fensterchen, zaghaft gingen sie hin, klopften an, und da ging eine Tür ganz auf. Und sie standen vor einem Stuhl, hinter dem ein Riesenkerl mit einem langen, langen Bart saß.
Frieder und Liesel erzählten ihm, warum sie unterwegs waren. Schließlich sagte er dann: „Ich schicke einen Boten zu dem Kindlein, inzwischen will ich euch etwas zeigen." Und er berührte sie mit einem langen Stab.
Da kam ein kleiner Zinnsoldat zur Tür hereinmarschiert und er nahm sie in seine Obhut. „Ich zeige euch sämtliche Spielzimmer", sagte er mit einer freundlichen Stimme. Da geleitete er sie von einem ins andere. Und sie beide waren jetzt so groß wie die Spielsachen, und da sahen sie, wie die Soldaten und die Tiere und die Püppchen untereinander leb-

ten. Das Schönste aber kam zuletzt. Da fuhr eine Eisenbahn und Frieder durfte auf die Lokomotive, währenddessen Liesel in einem Puppenhaus wohnen konnte. Was war das für eine Freude!

Plötzlich aber kam ein Wagen mit sechs Pferden vorgefahren, dort stiegen sie hurtig ein, zurück ging's zu dem großen Mann.

Der setzte sich auf den Stuhl vor sie hin und begann mit tiefer Stimme: „Also, das Christkind hat euren Wunsch erhört. Und weil ihr so an eure Mutter gedacht habt, dürft ihr auch noch einen Wunsch äußern."

Da dachten sie plötzlich daran, wie Mutter sich daheim grämen würde, weil sie nicht da waren, und Frieder sagte: „Wir möchten, dass wir beide bald daheim wären bei ihr."

Da lächelte der große Mann, und in der Ecke klapperte ein ganz langer, hölzern aussehender Mensch mit seinem Gebiss, eigentlich war er schrecklich anzusehen, dieser Nussknacker. Und dann gebot der Alte dem strammstehenden Soldaten leise etwas ins Ohr, rührte sie mit seinem langen Zauberstab wieder an und ließ ihnen eine Tasse Schokolade vorsetzen. Da wurden sie so müde und sie merkten nur noch, wie irgendjemand sie aufhob und Liesel sagte noch so im Traum: „Mutti, nun sind wir wieder bei dir."

Als sie beide aufwachten, lagen sie am Waldrand, und Frieder stand auf: „Dort ist ja unser Dorf, und da ist unser Haus."
Plötzlich sah Liesel in ihrer Hand das verdorrte Blümlein, und Frieder fühlte in die Taschen, die so merkwürdig prall waren, und da, lauter kleine Schokoladentäfelchen zog er heraus. Da wussten sie, dass sie nicht geträumt hatten, und mit strahlenden Augen rannten beide dem Dorf zu. Auf halben Wege begegnete ihnen die Mutter mit einer Schar von Männern und Frauen, die suchen geholfen hatten, Liesel sprang vor: „Mutter, Vater kommt heim! Das Christkind hat ihm das Tor aufgemacht."
So war das an Weihnachten im kleinen Häuschen am Ende des Dorfes in den Bergen, dort, wo es noch Märchen gibt, und dort, wohin wir uns immer wieder auch einmal als Erwachsene zurücksehnen.

Quellennachweis

Texte:

Buzzati, Dino: Zuviel Weihnachten, aus: ders., Ochs und Esel besuchen die Erde. Deutsche Übersetzung von Elisabeth Schnack © Alle Rechte bei Ingrid Parigi

Hagelstange, Rudolf: Der Traum des Balthasar, aus: Gisela Fjelrad (Hg.), Unter dem Tannenbaum, im Mosaik Verlag, München © beim Autor

Hüsch, Hanns Dieter: Mein Schutzengel, aus: Hanns Dieter Hüsch/Marc Chagall, Das kleine Weihnachtsbuch, S. 8-10, 20011/14 © tvd-Verlag Düsseldorf, 1997

Kuhn, Johannes: Vom Christkind, das Tore aufschließt © Alle Rechte beim Autor

Landmesser, Alfred: Weit hinten im Tal, aus: Die schönsten Geschichten für Weihnachten, S. 41-42 © Rosenheimer Verlagshaus GmbH & Co. KG, Rosenheim 2006 ISBN: 978-3-475-53949-7

Malessa, Andreas: Chorprobe bei den himmlischen Heerscharen aus: ders., Was gibt's denn da zu lachen?! © Brunnen Verlag, Gießen

Mendt, Dietrich: Der Engel im Briefkasten, aus: ders., Von der Erfindung der Weihnachtsfreude © 1999 by Evangelische Verlagsanstalt GmbH- Leipzig , 2. Auflage 2012

Roth, Eugen: Fürchtet euch nicht! aus: ders., Lebenslauf in Anekdoten, München 1985, S. 609 f. © Dr. Thomas Roth, München

Schmidt-Mumm, Ruth: Wie man zum Engel wird, aus: Ursula Richter (Hg.), Die schönsten Weihnachtsgeschichten am Kamin © 1998 by Rowohlt Taschenbuch Verlag, GmbH, Reinbeck bei Hamburg

Schwarz, Andrea: Wenn Engel Federn lassen, aus: dies., Der gemietete Weihnachtsmann und andere Erzählungen zur Weihnachtszeit. Illustriert von Jules Stauber © Verlag Herder GmbH, Freiburg i. Br. 1996

Tazewell, Charles: Das Weihnachtsgeschenk des kleinen Engels, aus: Franken, Weihnacht der Kinder © Bonifatius GmbH Druck-Buch-Verlag, Paderborn

Waggerl, Karl Heinrich: Wie Ochs und Esel an die Krippe kamen, aus: ders., Die stillste Zeit im Jahr. Sämtliche Werke Band II © Otto Müller Verlag, Salzburg 1981

Wiemer, Rudolf Otto: Der kleine Engel aus Goldpapier, aus: ders., Es müssen nicht Männer mit Flügeln sein, Quell Verlag, Stuttgart 1995 © Rudolf Otto Wiemer Erben, Hildesheim

Zöpfl, Helmut: Lustige Weihnachtsmusikanten, aus: ders., Mein großes Weihnachtsbuch, S. 104-107 © Rosenheimer Verlagshaus GmbH & Co. KG, Rosenheim 2010 ISBN: 978-3-475-54052-3

Illustrationen:
Cover: © antoshkanforever/shutterstock.com; Innenillustrationen: © waterlilly/shutterstock.com.

Wir danken den genannten Inhabern von Text- und Bildrechten für die freundliche Erteilung der Abdruckgenehmigung. Der Verlag hat sich bemüht, alle Rechteinhaber in Erfahrung zu bringen. Für zusätzliche Hinweise sind wir dankbar.